Das Kristallkind

Sieh nicht nur das, was vor Augen ist.
Blick in das Herz.

JULIA KIMMERLE

Das Kristallkind

Ein Junge, der nicht gesehen wurde

Bibliografische Information der Deutschen Nationalbibliothek:
Die Deutsche Nationalbibliothek verzeichnet diese Publikation in der Deutschen Nationalbibliografie; detaillierte bibliografische Daten sind im Internet über dnb.dnb.de abrufbar.

© 2022 Julia Kimmerle
Satz, Umschlaggestaltung, Herstellung und Verlag:
BoD – Books on Demand, Norderstedt
ISBN: 978-3-7568-7999-1

INHALT

Vorwort 7

Zur Einstimmung 11

Kapitel 1 15
    Ich spreche zu dir, denn Tränen helfen zu heilen 15
    Falsches Training 20
    Sie nennen mich »Orchidee« 23

Kapitel 2: Auszüge aus meiner Kindheit 29
    Es regnet Tränen 29
    Im Bus 34
    Schulhof 39
    Warum fühle ich mich
    als Kind erwachsen? 41
    Der Unterricht 43
    Ich überlebe den Tag 48
    Der Heimweg 50
    Zu Hause 57
    Respekt 61
    Geschlagen 65
    Meine Mutter schreit 67
    Eine Geschichte 69
    Gift 72

Kapitel 3: Heilung 75
    Zurück zum Ausgangspunkt 75
    Ich lerne vom Baby 79
    Prüfung 82
    Gedanken steuern 83
    Ich halte meinen Körper gerade, ich bin kein Opfer 85

Thema »Nichtsnutz«   88
Mein Leben im Aufwind   91
Dein Leben im Aufwind   94

Nachwort   98

Über dieses Buch   103

Widmung   104

Über mich   106

VORWORT

M it diesem Buch möchte ich Verständnis schaffen und mehr Lebensfreude im Herzen wecken, auch wenn einige Kapitel sehr trüb sein mögen. Ich streue Sätze aus wie Samenkörner. Samen, die in einen guten Erdboden gepflanzt werden können.

Wenn du offen bist, dich auf diese Reise einzulassen, und wenn deine Aufnahmebereitschaft einem guten Boden gleicht, wirst du wie ein Lebensbaum wachsen. Du wirst über dich hinauswachsen, neue Erkenntnisse gewinnen und vielleicht auch neue Sichtweisen aus einer anderen Perspektive entwickeln.

Zunächst möchte ich dir eine kleine Geschichte erzählen:

Es war einmal ein Busch, der schreckliche Dornen trug. Ich fand ihn beinahe hässlich, denn seine grünen Blätter, Zweige und Triebe wucherten wild in verschiedene Richtungen.

Eines Tages wollte ich einen Zweig abbrechen und entdeckte die vielen Dornen. Sie waren überall, große und kleine, dicht aneinandergereiht und breit verstreut. Ich stach mich daran.

»Au, du schrecklicher Dornbusch!«, rief ich und ließ den Zweig wieder los. Ich hatte ihn nur gebogen, nicht abgebrochen.

Ich beschloss, mir woanders einen Zweig zu holen. Diesem Dornenbusch wollte ich gewiss fernbleiben. Ich wollte sogar dafür sorgen, dass er zerstört und entsorgt wird, denn meine Finger waren zerstochen und es tat weh.

Nach einigen Monaten ging ich wieder denselben Weg entlang. Der Dornbusch stand immer noch dort. Doch er hatte sich verwandelt und trug nun eine prachtvolle Blüte. Je näher ich kam, desto schöner und leuchtender nahm ich das Rot der samtweichen Blütenblätter wahr.

Es war eine Rose, die zwischen den Dornen wuchs, wunderschön und bezaubernd. Ich verbrachte eine Weile bei dem Busch, um mich an dieser Blume zu erfreuen.

Nach einigen Tagen stand der Busch in voller Blütenpracht und ich liebte es, bei ihm zu verweilen. Die Rosen verbreiteten einen angenehmen Duft, die Farben und samtweichen Blätter erfreuten mich. Dass dieser Busch Dornen trug, hatte ich ganz vergessen.

Ich wollte mir eine Blume auf meinen Schreibtisch stellen. Behutsam entfernte ich einige Dornen und brach ganz liebevoll eine Rose ab. Ich stellte sie in eine Vase und fühlte die Freude, die sie ausstrahlte. Ihre Blüte war voller Leben.

»Blumen machen wirklich gute Laune und zaubern mir ein Lächeln ins Gesicht«, dachte ich und ärgerte mich darüber, dass ich fast dafür gesorgt hätte, diese Glücksmomente nicht zu erleben. Und die Veränderung meiner Bewertung über diesen Dornbusch rückte in den Mittelpunkt meiner Gedanken.

Mit dieser guten Laune werde ich jetzt mein Buch beginnen. Mein Buch über eine besondere Blume, über ein Blumenkind, über einen Jungen, der nicht gesehen wurde. Es gibt so viele Blumen auf dieser Erde, die als wundervoll erkannt werden möchten. Blumen, die Dornen haben oder zwischen Dornen wachsen. Denn jedes Leben auf dieser Erde braucht Wertschätzung, Bewunderung und Liebe ...

Worte, die ein Kristallkind hören sollte

Schön, dass es Dich gibt.
Schön, dass Du da bist.
Du kannst alles schaffen, was Du schaffen willst.
Du bist ein Schlaukopf.
Du bist ein Genie.
Du bist ein Könner.
Du bist ein Alleskönner.
Du wirst geliebt.
Du bist in Sicherheit.
Ich brauche Dich.
Du bist ein Schlauer.
Du bist ein Kluger.
Du bist intelligent.
Du bist ein Original, keine Kopie.

ZUR EINSTIMMUNG

Möchtest du einige Geheimnisse des Lebens erfahren? Geheimnisse, von denen Geschichten erzählt werden?

Ein neues Zeitalter wird in Verbindung mit diesen Geschichten erwartet. Ein Wechsel von der Dienstleistung in das Informationszeitalter. Und es geht um das Leuchten der Kristalle.

Die Geschichten handeln von Menschenkindern, die »Kristallkinder« genannt werden. Diese Kinder leben jetzt schon ein höheres Level. Sie tragen ein besonderes Wissen und Können und die Vision neuer Strukturen in sich. Sie lassen sich nicht irgendein beliebiges System aufstülpen, das nicht ihrer Persönlichkeit entspricht.

Diese Menschenkinder können nicht so wollen, wie sie sollen. Sie brauchen Spielraum für Spontaneität. Auf Dauer können sie keinen streng reglementierten Tagesablauf leben, und trotzdem lieben sie Rituale und Routinen.

Diese Kinder werden »Kristalle« genannt. Nehmt diese Kristalle ernst, auch wenn sie noch jung sind oder klein, sie verstehen euch. Fördert ihre Intuition. Seid ehrlich zu ihnen, spielt ihnen nichts vor, sie sehen und hören über Horizonte hinaus.

Kristallkinder achten den Planeten und das Leben auf unserer kostbaren Erde. Sie würden nichts absichtlich tun, was unserem Planeten schaden würde, was Lebewesen verletzen könnte.

Schon 931 v. Chr. schrieb Salomo in seinen Büchern:

- »Ein guter Mensch kümmert sich um das Wohl seiner Tiere; ein böser hat kein Herz für sie.« (Sprichwörter Salomos, 12)
- »Einem bösen Menschen stößt zu, was er befürchtet;

ein guter bekommt, was er wünscht.« (Sprichwörter
Salomos, 10)

- »Wenn du zu anderen gütig bist, tust du dir selber wohl;
wenn du grausam bist, tust du dir selber weh.« (Sprichwörter Salomos, 11)

Kristallkinder leben das Spiegelgesetz, es ist in ihrer Veranlagung. Sie sind empathisch und liebevoll. Doch auch
Kristallkinder können Wut und Hass entwickeln. Diese
Gefühle richten sie dann nicht nur auf andere sondern
gegen ihr eigenes Herz, und wenn sie sich nicht heilen
können, sterben sie.

Die Folge kann ein sinnloses Existieren sein, wie bei
einer Orchidee, die ihre Zweige welken lässt.

Kristallkinder haben überall Antennen, sie sind fein-
fühlig und ihre Multitaskingfähigkeit ist bewunderns-
wert. Sie besitzen das Vermögen, mehrere Anforderungen
gleichzeitig zu bewältigen und eigene Aufgaben zusätzlich zu integrieren. Sie können die Herausforderungen
gedanklich in mehreren Möglichkeiten durchspielen,
um die bestmögliche Lösung erfolgen zu lassen, die dem
Überleben dient. Ja, diese Kristallmenschen gehen bewusst mit Worten um. Sie spielen ihre Sätze mehrmals in
Gedanken ab, bevor sie diese aussprechen, um die Situation zu steuern.

Wenn du einen Kristall zum Freund hast, gewinne sein
Herz! Ein Kristallkind ist eine Bereicherung fürs Leben.
Du wirst über dich hinauswachsen und Kraft fühlen, neue
Erkenntnisse gewinnen und viel lernen können, denn
diese Geniuskinder können dich auf eine andere Flughöhe
im Leben heben. Sie nehmen alles um sich herum wahr,
aber auf eine andere Weise, und sie äußern sich oft nur
zögerlich dazu. Sie äußern sich nur dann, wenn sie sich
in ihrem Sein, so wie sie geschaffen sind, angenommen

fühlen. In diesem Buch kannst du einige ihrer Geheimnisse kennenlernen.

Ich möchte im Voraus erwähnen, dass selbst die schlimmste Geschichte ein gutes Ende haben kann. Vielleicht wirst du von den geschilderten Erlebnissen berührt sein.

Meine Geschichte könnte dir eine neue Sichtweise schenken. Wenn du dir der Dinge bewusst wirst, die um dich herum geschehen, hast du einen Schritt hin zu einer Veränderung getan. Du wirst unweigerlich wachsen, wenn du Erkenntnisse hast. Manche werden dir vielleicht bekannt vorkommen oder auch völlig neu sein.

Womöglich wird die Geschichte dich zeitweise wütend machen, vielleicht traurig. Doch wenn du das Buch zu lesen beginnst, darfst du es dir nicht erlauben gleich am Anfang wieder wegzulegen. Du solltest der Geschichte die Chance geben, dir neue Impulse und Sichtweisen zu eröffnen. Du wirst Lösungsmöglichkeiten entdecken, um vom Drama in die Lebensfreude zu kommen. Mein Wunsch ist es, dir mit diesem Buch Freude zu schenken. Du wirst erleben, wie eine traurige Geschichte eine gute Wendung nehmen kann.

Wenn du nicht bereit bist, dieses Buch zu Ende zu lesen, halte es nicht mehr fest. Hör einfach jetzt schon auf zu lesen oder verschenke es! Ich möchte auf keinen Fall, dass meine Erzählung dein Herz traurig macht, ohne dass du die Lösungsmöglichkeiten vor Augen hast. Ich möchte eine Vorstellung davon vermitteln, dass ein Leidensweg ein Segen sein kann, für den Einzelnen wie auch für andere, ein Entwicklungsprozess, um auf eine höhere Flugfläche des Lebens zu steigen bzw. auf eine andere Bewusstheitsebene zu gelangen.

Wenn du weinen musst beim Lesen, dann weine. Denn

weinen heilt. Die Traurigkeit, die du fühlst, weil sie dich womöglich an etwas erinnert, soll abfließen. Raus aus dem Herzen, raus aus dem Körper. Der Schmerz soll abfließen und Raum für Lebensfreude schaffen.

Wenn du lächeln musst, dann lächle, so viel du kannst. Sobald die Seele heilt und sich wieder wohlfühlt, ist die beste Voraussetzung dafür geschaffen, dass der Körper es ihr gleichtut. Die optimalen Begleiter von Gesundheit und Wohlbefinden sind ein wenig Humor, ganz viel Entspannung und Gelassenheit.

Sei offen und lasse dich auf diese Geschichte ein. Es ist die Geschichte eines wunderbaren Jungen, der nicht gesehen wurde.

KAPITEL 1

ICH SPRECHE ZU DIR,
DENN TRÄNEN HELFEN ZU HEILEN

Es gab eine Zeit, wo ich verlernt hatte zu weinen. Kannst du dir vorstellen, wie so etwas möglich ist?

Das ist ganz einfach: Du weinst so viel und so lange, bis keine Träne mehr kommt, weil du denkst, dass es niemanden interessiert, was du fühlst. Dass es niemanden interessiert, ob du weinst oder lachst. Es könnte sogar sein, dass du denkst, es sei allen egal, ob du überhaupt lebst.

Herzlich willkommen in meinem Leben!

Ich bin ein Junge, der nicht gesehen wurde.

Für die meisten Menschen auf dieser Erde ist meine Existenz auch heute noch bedeutungslos. Aber es gibt Einzelne, die mich wahrnehmen. Es gibt diese echten Freunde, diese besonderen Familienangehörigen. Für die bin ich mehr als »nur« ein großer Bruder, ein Sohn, ein Enkelkind, ein guter Freund, ein Arbeitskollege oder einfach »nur« ein Junge. Doch das wusste ich damals nicht. Und genau diese Menschen hielten mich am Leben.

Manchmal hörte ich eine Stimme in meinem Herzen, die mir sagte, dass ich diese Menschen nicht verlassen darf. Trotzdem fügte ich ihnen Verletzungen zu, um freigesprochen zu werden von meiner gefühlten Verpflichtung ihnen gegenüber. Doch selbst das konnte ihrer Liebe nichts anhaben. Sie liebten mich umso mehr und hielten mich fest, sie hielten mich am Leben. Ja! Sie hielten mich auch mit ihrer Liebe am Leben.

Großen Wert legte ich auf Zuverlässigkeit und Treue, denn das waren meine besonderen Eigenschaften. Aufgrund meiner eigenen Lebensideale hatte ich einen hohen Anspruch an mein Umfeld und vor allem an mich selbst. Mein Maßstab war so hoch, dass ich mich selbst extrem unter Druck setzte. Ich fühlte mich wie ein perfekter Erwachsener im Körper eines kleinen Kindes. Und ich glaubte, dass keiner dies wahrnehmen würde.

Dass ich sehr wohl gesehen wurde, wusste ich zu dem Zeitpunkt nicht. Und irgendwann nahm meine Entwicklung eine rasante Geschwindigkeit an.

Zunächst möchte ich erwähnen, dass es nicht immer so war. Es war nicht immer so, dass ich dachte, ich würde nicht gesehen werden. Es war nicht immer so, dass ich geweint habe.

Aber als die traurigen Stunden zunahmen und meine Tage gänzlich ausfüllten, wandelte sich meine Traurigkeit in Wut und auch Hass. Unzufriedenheit, Bitternis, Zorn, Abneigung haben in meinem Herzen Raum gesucht. Mit der Zeit wurde mein Inneres immer leerer und leerer. Und da ich ein wirklich großes Herz hatte, plagten mich nicht nur meine eigenen Sorgen und Ängste, sondern auch das Leid der anderen Menschen in meinem Umfeld. So nahmen die negativen Emotionen mehr Raum ein, als ich es ihnen gestatten wollte.

Mein allergrößtes Talent war die Empathie. Ich konnte mich schon als kleines Kind in die Situation anderer Menschen hineinversetzen, in den Schmerz der Mitschüler und manchmal auch in die Lage einiger Lehrer, denen die Schüler den Tod wünschten.

Daher wollte ich die Eigenschaft der Antipathie bewusst in mir entwickeln, um mich vor dem Schmerz zu beschützen, um eine Art Schutzmauer aus Stein zu errichten. Ich verstand, warum sich manche Menschen im Leben unerwünscht fühlen und warum ihnen der Tod als einzige

Lösungsmöglichkeit erscheint. Denn als Kind ist man den Erwachsenen gnadenlos ausgeliefert.

Ich vergleiche das Leben gerne mit einem Schachspiel. Es ist interessant, dass selbst die neusten Schachcomputer nicht perfekt sind. Das liegt vor allem daran, weil ihre menschlichen Gegner unberechenbar sind. Die Speicherkapazität eines Computers reicht nicht aus, um alle möglichen Schachsituationen zu berechnen.

Genauso unergründlich ist das Leben eines Menschen. Es ist nicht vorhersagbar, zu welchem Zeitpunkt eine bestimmte Entscheidung eine lebensverändernde Situation herbeiführen wird.

Wir können jeden Tag ein neues Leben beginnen und wir können uns jeden Tag neu entscheiden, wie wir leben möchten, wie wir sein möchten.

Aber zurück zum Schachbrett. Der Spieler mit den schwarzen Figuren kann mit der gleichen Strategie und Energie spielen wie sein Gegner. Beide haben dieselben Figuren, nur in der Farbe unterscheiden sie sich. Der eine Spieler gewinnt, der andere verliert. Manchmal kannst du mit einem Schachzug das Spiel sofort beenden, auch wenn du noch mittendrin bist und weiterspielen könntest.

Du kannst mit einem Satz und manchmal nur mit einem Wort ein Leben zerstören. Du kannst mit einem Satz oder auch nur mit einem Wort ein Leben retten.

Ein Erwachsener ist nur ein Mensch. Ein Lehrer ist nur ein Mensch. Ich wusste früh, dass auch ein Kind ein Mensch ist. Einige Erwachsene gaben mir aber zu verstehen, dass ein Kind ein niederträchtiges Geschöpf sei, klein, zerbrechlich voller Angst und ohne Selbstvertrauen, ohne Recht auf eigene Meinung. Ein Erwachsener ist groß, ein

Erwachsener kann Selbstvertrauen und Selbstbewusstsein haben.

Ich verstand schnell: Um gesehen zu werden, um mitsprechen zu dürfen, um angehört zu werden, um respektiert zu werden, musste ich ein Erwachsener sein. Ich musste erwachsen werden, um zu zeigen, was ich kann. Um geliebt zu werden, um eigene Entscheidungen treffen zu können oder auch, um ein »Nein« aussprechen zu dürfen. Wenn ich erwachsen sein würde, wäre ein echtes Miteinander möglich.

Du kannst mit einem Feuer Wärme erzeugen, aber auch so einiges vernichten und verbrennen.

Ich machte mir ständig Sorgen um alles und jeden, ja, meine Gedanken kreisten tatsächlich um Leben und Tod.

Zunächst hatte ich Sorge um das Leben meines Vaters, den ich so sehr liebte und so sehr brauchte. Ich sorgte mich um meine Familie und ob wir genug zu essen haben würden. Ich befürchtete, einer schweren Arbeit nicht gewachsen zu sein, aber irgendwann schwere Arbeit leisten zu müssen, damit die Familie es einfacher hätte, auch finanziell. Mich beschäftigte auch der Gedanke, was wenn ein Freund von mir in Schwierigkeiten gerät? Ich müsste womöglich mein Leben für meine Freunde geben und war ich bereit? Ich kann sogar sagen: Ja!

Ich hatte keine Idee, wie ich diese Sorgen loslassen konnte. Ich kannte nicht einmal das Gegenteil dieses Gefühls.

Ich lebte nicht in einer Zeit des Krieges und der schlimmen Not. Davon hörte ich mehr als genug in den Geschichten meiner Eltern und Urgroßeltern. Und in den Erzählungen meiner Großeltern, die wirklich um Leben und Tod kämpfen mussten. Sie beschrieben mir alles so anschaulich, dass ich nachts Albträume bekam.

Um mitsprechen zu dürfen, war ich zu klein, eben ein Kind. Doch um wirklich dramatische Geschichten zu hören, dafür war ich groß genug, alt genug. Und wenn ich es nicht aushielt, dann war ich wohl eine »Memme«.

Ich fragte mich, was eine Memme sei. War es denn besser, ein unbarmherziger, emotionsloser, abgebrühter Mensch zu sein? War es schlecht, mitfühlend, empathisch und sensibel zu sein?

Ich war nicht empfindlich. Unsere Katze kam oft mit Zecken nach Hause und ich zog sie mit meinen bloßen kleinen Kinderfingern heraus. Das machte mir nichts aus. Beim Essen war ich überhaupt nicht wählerisch. Es gab für mich nur gute Mahlzeiten, egal was auf den Tisch kam. Ich war dankbar für jede Kost, jede Kleidung, jedes Klima.

Nein, empfindlich war ich nicht, aber mitfühlend eben. Die Geschichten meiner Familie, meiner Vorfahren, meiner Freunde berührten mich.

Da versteckt sich schon der erste Kunsttrick, den ich damals nicht kannte: Es ist wichtig, sich nicht in der Vergangenheit aufzuhalten. Wir dürfen nicht in destruktiven Gedanken verweilen, sondern müssen diese ziehen lassen, daraus lernen und uns entwickeln. Diesen Trick brachte ich mir mit der Zeit selbst bei. Es wäre schön gewesen, hätte ich ihn schon früher gekannt.

Die eigentliche Kunst daran ist: Wir müssen uns das Gegenteil unseres destruktiven Zustandes bewusst machen.

Was wäre das Gegenteil von »Sorgen«?

In einem Wort?

Was wäre das?

Damals fiel es mir nicht mal ein, was es für ein Wort sein könnte.

Doch eigentlich ganz einfach: »Sorglosigkeit«.

Dahinter stecken **Hoffnung, Zuversicht, Vertrauen, Optimismus.**

So ist mein wahres Ich. Voller Hoffnung und Optimismus. Kannst du dir nicht vorstellen, nicht wahr? Und deine Vorstellungskraft wird gleich noch mehr gefordert. Ich bin gespannt, ob du erkennst, wie ich mich gefunden habe.

FALSCHES TRAINING

Damit ich nicht mehr weinen muss, habe ich versucht, mich in Gleichgültigkeit zu üben. Gleichgültigkeit ist kein schöner Zustand, sondern ein gefühlloser, aber eben auch eine Art von Sorglosigkeit.

Doch trotz der Gleichgültigkeit fühlte ich Schmerz. Dieser Zustand passte nicht zu meiner Persönlichkeit. Aber ich wusste nicht, wie ich sonst überleben sollte.

Die negativen Gedanken, Sorgen und Ängste nahmen mich so ein, dass ich dachte, es wäre besser, nicht mehr zu leben. Es schien mir unerträglich, mich weiterhin um das Wohlergehen von allen und jedem kümmern zu müssen. Denn ich hatte sowieso nichts zu sagen. Ich war ja »nur ein Kind«. Wie könnte ich als Kind jemandem helfen?

Überall sah ich Trauer, Wut, Ärger, Streit und emotionalen Schmerz.

Ich fragte mich: Was wäre wohl das Gegenteil von Schmerz?

Ja! Wohlbefinden. Freude, Glück.

Doch meine inneren Schmerzen konnte ich nicht durch Freude übertönen, ich sah sie einfach nicht. Ich kannte keine Freude, nicht von zu Hause, nicht von einer Kirche und auch nicht aus der Schule. Wohlbefinden war für mich unvorstellbar, und Glück sah ich nur in der Zukunft und an Bedingungen geknüpft.

Ich bewegte mich unhaltbar in eine aussichtslose Gefühlslage hinein.

Nun war es meine Absicht, keine Freude mehr zu empfinden, denn diese verlängert bekanntlich das Leben. Stattdessen verfiel ich in Hass und Zorn.

Gleichwohl, ich kenne das Sprichwort: »Hass im Herzen tragen ist wie Gift trinken und hoffen, dass ein anderer vergiftet wird.«

Ja, ein vergiftetes Herz sollte Heilung suchen und eine Entgiftung machen, um keine toxischen Ergebnisse hervorzubringen. Doch je mehr ich meinen Fokus auf deprimierende Geschichten, Erlebnisse und Gefühle legte, wuchs das Negative in mir an. Es wurde größer und größer, immer präsenter und realer.

Davor würde ich gerne jeden schützen!

Aus meinem damaligen Unterbewusstsein zog ich eine hilfreiche Erkenntnis, die ich einmal während einer Freikirchenveranstaltung gehört hatte: »Jedes Leben auf dieser Erde ist wertvoll. Mein und dein Leben ist wertvoll, meine und deine Existenz auf dieser Erde ist wertvoll. Eine Seele ist mehr wert als die ganze Erde, die Seele ist unsterblich.«

Ich bin immer noch überrascht von diesen Worten. Tatsächlich ist jedes Leben wertvoll. Jeder einzelne Mensch hat eine Aufgabe, ist eine Herausforderung, ein Geschenk, eine Entwicklungshilfe, ein Spiegel.

Jeder Mensch besitzt ein besonderes, außergewöhnliches Talent, das niemand in der Weise hat wie er. Jeder kann etwas, das kein anderer so kann.

Jeder!

Das macht dich, mich und jeden Einzelnen einzigartig, außergewöhnlich und extrem wertvoll. Jeder Mensch ist ein Individuum in seiner Besonderheit, jeder Einzelne ist einmalig.

Menschen sind Einzelwesen, durch ihre Besonderheiten und Eigenarten ausgewiesen, sie haben einen unverwechselbaren Charakter. Und die größte Kraft ist der Selbstausdruck.

Jeder Einzelne ist ein Ganzes in der Natur, das von anderen verschieden ist. Dennoch brauchen alle Menschen Zugehörigkeit, Gesellschaft und Liebe.

Ich wollte es mir nicht erlauben, wertvoll zu sein.

Ich stellte mir vor, dass meine kleine Erde ein Schachbrett ist und wir Menschen die Schachfiguren sind. Trotz meiner sozialen Phobie brauchte ich diese Schachfiguren alle.

Je mehr ich von meiner eigenen Schachfigurenfarbe umgeben war, die meine Persönlichkeit widerspiegelte, desto weniger wollte ich die andersdenkenden Menschen in meinem Leben dulden. Menschen, die keine Ziele oder Ideale hatten, keine sinnvollen Beschäftigungen. Menschen, die ganz einfach **nicht** meine Schachfigurenfarbe hatten. Die Farbe meiner inneren Welt.

Bitte sei nicht traurig, wenn du etwas hörst, was dir bekannt vorkommen könnte, was du aber bisher nicht so wahrgenommen hast. Lerne einfach daraus und freue dich über neue Erkenntnisse.

Jeder Mensch verdrängt automatisierte Vorgänge ins Unterbewusstsein. Nicht nur du handelst aus dem Unterbewusstsein, ohne es zu verstehen, ohne dir dessen bewusst zu sein. Ohne dir bewusst zu sein, dass du vieles wiederholst, was du vorgelebt bekommen hast. Doch werde dir *jetzt* bewusst, wie du lebst.

Wenn wir feststellen, dass unsere körperlichen Diagnosen zunehmen, können wir sicher sein, dass wir uns in einer disharmonischen Lage befinden. Um welche Art von Disharmonie es sich handelt, ist eine andere Sache.

Du kannst dein Herz um Auskunft bitten, indem du dir die Frage stellst: »Wenn mein Herz eine Stimme hätte, was würde es mir jetzt sagen?«

Trägst du glückliche Gedanken in dir, arbeitet dein Körper auf Hochtouren. Dein Immunsystem ist gestärkt. Du bist voller Energie, Kraft und Leichtigkeit.

Destruktive Gedanken entladen sich in Form von Gefühlen im Körper und du brauchst eine Menge Energie, um diesen Stress auszugleichen. Dauerstress ist der Vorbote eines körperlichen Symptoms oder einer Krankheit.

SIE NENNEN MICH »ORCHIDEE«

Ich weiß, dass es viele Jungen und Mädchen da draußen gibt, die unter dem Druck der Erziehung stehen. Sie leiden unter dem Druck der Außenwelt, unter dem Druck der Erwachsenen und unter dem Druck der Schule. Sie brauchen tiefe Ruhe, weil sie sich *depressed* fühlen.

Es gibt zahlreiche Jungen und Mädchen um uns herum, die Mobbing erleben oder erlebt haben, die sich nicht geliebt fühlen und nicht gesehen werden.

Hochsensible Menschenkinder trifft es schwer. Diese Kristalle, diese Kinder, lernen außerhalb eines Systems und außerhalb dessen, was verlangt wird. Sie sind hochtalentiert und hinterfragen alles. Ihr Interesse reicht über das hinaus, was ihnen zum Lernen vorgesetzt wird.

Diese Kinder nehmen ihre Umgebung deutlicher wahr, als es ihre Altersgenossen tun. Sie sind mitfühlend, klug, intuitiv, kreativ, umsichtig und gewissenhaft. Nicht selten sind sie überfordert von einem Übermaß an äußeren Reizen. Es sind hochintelligente Kinder, die über die Aufgaben hinausblicken, bevor sie diese ausführen, über Horizonte hinaus und hinterfragen Grenzen, die von Menschen gesetzt wurden.

Diese Menschenkinder werden auch »Orchideenkinder« genannt. Kennst du diese Bezeichnung?

Als der Arzt meiner Mutter voller Begeisterung erklärte, dass ich ein Orchideenkind bin, konnte sie mit dieser Aussage wenig anfangen. Ich lächelte und wollte trotzdem von dem Arzt hören, wie er es beschreibt.

»Nun«, sagte der Arzt, indem er seine Brille zurechtrückte, »Löwenzahnkinder sind überall. Sie leuchten, sie strahlen, sie blühen. Sie wachsen zwischen Steinen und Mauern, sie erholen sich schnell, auch wenn auf ihnen herumgetrampelt wird.

Doch Sie! Sie haben eine Orchidee. Diese Kinder blühen bei guter Pflege und Bewunderung auf, wie es kein Löwenzahn vermag. Aber sie sterben, wenn man auf ihnen herumtrampelt. Sie sind nicht so robust.«

Mir hat die Erklärung gut gefallen und auch meine Mutter wirkte nicht überrascht, aber doch nachdenklich.

Ich dachte mir nur eins in diesem Moment, als ich den sympathischen Arzt betrachtete: »Ich werde erblühen!« Der Arzt mit den hellen Locken und der Brille auf der Nase hatte hinter den dünnen Gläsern Bewunderung in den blauen Augen.

Er hat mein Feuer gesehen und es angezündet, sodass es loderte, auch wenn ich an diesem Tag ziemlich angeschlagen war. Mein Feuer glühte und ich sagte zu mir selbst: »Ich werde blühen. Ja, ich werde wachsen, ich werde mich reparieren, regenerieren. Es gibt Orchideen, die sich auch bei schlechter Pflege erholen. Sie strecken sich in die Höhe, bekommen neue Knospen, bekommen Blüten.

Meine Wurzel lebt, und sie wird Wasser haben und einen Nährboden, für den ich selbst sorgen werde.«

Meine Mutter war erleichtert zu hören, dass ich keine Medikamente brauche. Ich hätte sie eh nicht genommen, auch wenn ich welche bekommen hätte. Aber ich fühlte, dass ich die Puzzleteile meines Lebens, die gerade ineinanderflogen, sortieren musste und etwas Zeit brauchen würde, um mich neu zu ordnen. Um erneut aufzustehen, anders als je zuvor!

Nicht größer, denn groß war ich im Herzen, ohne dass es jemand wusste.

Nicht außergewöhnlicher, denn außergewöhnlich war ich bereits, als ich aus dem Klassenfenster den Vogel erblickte, der Futter für seine Kinder suchte, und mir dieses Geschehen genauso wichtig war wie die Aufgabe des Lehrers.

Nicht klüger, denn ich war klug genug, als ich das mathematische Rechenergebnis ohne Rechenweg niederschrieb, aber keine notenrelevanten Punkte dafür bekam.

Nicht schöner, denn schön war ich schon immer, auch wenn ich mich nie so gefühlt und gesehen habe und mich nicht traute, mir im Spiegel in die Augen zu schauen.

Nicht begabter, denn ich entdeckte meine Talente gerade erst und war überrascht, dass sie schon immer da waren und weder von mir noch von anderen als eine Gabe gesehen wurden.

Und nein, ich bin nicht nur eine Figur auf dem Schachbrett! Ich bin *die* Figur! Die Figur mit ureigenen Talenten, wertvollen Eigenschaften. Ich bin absolut unverwechselbar. Kein Lebewesen war jemals zuvor so wie ich, und keines kann jemals so werden.

Ich bin wie eine wundervolle Orchidee und helfe dir,

auch eine zu sein, eine zu werden. Orchideen sind unterschiedlich in ihrer Art, in ihrer Pracht. Jede besitzt ihre eigenen kostbaren Anlagen. Ich habe eine Glut, die zu Feuer werden kann, und ich wünsche mir, dass die Menschen, leuchten, blühen, lächeln, lieben, fühlen und Lebensfreude haben.

Ich sagte zu mir selbst: »Du kannst nutzbringender sein, als du glaubst, denn dass du lebst, ist keine Laune der Natur! Du bist gewollt und einzigartig. Und wenn auch nicht gewollt von den Menschen, dann von Gott.«
Es ist ein Geschenk!
Das Leben ist ein Geschenk und das Leben ist gegeben zum Leben!
Jedes Leben ist wertvoll!
Jeder Mensch ist größer, klüger, schöner und liebevoller, als er denkt!

Und mit diesen Erkenntnissen kann ich mich nun endlich vorstellen: Ich bin ein gutaussehender, großer Junge, der nicht gesehen wurde. Und der selbst glaubte, klein und hässlich zu sein.
Manchmal habe ich immer noch die Gewohnheit, niemandem zu zeigen, was ich kann, was ich denke, fühle, wen ich liebe, um wen ich mich sorge. Und das nur, weil ich es so beschlossen habe. Ich helfe unbemerkt und kreativ.
Ich verstehe, dass ich auf der Erde bin, um anderen einen Dienst zu erweisen, um anderen etwas beizubringen. Manchmal unbewusst, aber aktuell bewusst. Ich bin ein Junge, der dienen kann und lieben kann, wenn ich es will.
Und ich trage heute einen inneren Reichtum in mir, von dem ich dir erzählen möchte, denn es war nicht immer so ...

Ein Kluger kann aus einer dummen Antwort mehr lernen als ein Dummer aus einer schlauen Antwort. Ein Dummer lernt nichts!

KAPITEL 2:
AUSZÜGE AUS MEINER KINDHEIT

ES REGNET TRÄNEN

Noch bevor ich meine Augen öffne und sehe, dass ein neuer Tag beginnt, weiß ich, dass es heute regnen wird. Denn wenn es mir zum Weinen ist, dann weint selbst der Himmel.

Mir ist klar, dass ich mir keine Auszeit nehmen kann, weil meine Mama Wert darauf legt, dass ich irgendetwas aus meinem Leben mache. Und dazu gehört eben auch der Schulabschluss.

Ich setze mich aufrecht hin und schaue von meinem Bett aus durch das verschmutzte Fenster nach draußen. Hinaus in den Himmel. Es ist düster, wie ich es mir gedacht hatte. Ich sehe dunkle Wolken. Nur die Regentropfen, die bleiben noch aus.

Wenn ich mich jetzt anziehe, meine Zähne putze, meine Haare kämme und mit meiner gepackten Schultasche in die Küche gehe, dann wird niemand sagen: »Das hast du heute gut gemacht, das ist wirklich eine Leistung!« Nein. Natürlich nicht. Auch für ein Kind sind diese Dinge ganz normal. Es ist keine Leistung, sondern eine Selbstverständlichkeit. Aber heute fällt es mir besonders schwer, genau diese Tätigkeiten auszuführen.

Ich überwinde die Schwere in mir und gehe ins Bad. Ich mache alles wie gewünscht, gefordert und erwartet, denn ich will ja fleißig sein, ich will gut sein, ich will geliebt werden. Ich will endlich, dass mir jemand sagt, gerade jetzt: »Wie schön, dass es dich gibt!«

Ich ziehe mich an, wasche mein Gesicht und putze mir

die Zähne. Ich greife nach dem Kamm, der schon über so mache Köpfe strich, und kämme mir das Haar. Ganz kurz schaue ich in den Spiegel, um zu sehen, ob ich sauber und ordentlich bin, und sehe Leere in meinen Augen. Darum blicke ich schnell weg, um ja nicht zu sehen, was ich fühle.

Ich vermisse dieses Funkeln, welches ich sonst immer sehen konnte. Meine Phantasie war oft weit entfernt von der Realität und ich hatte so viel vor, denn ich war ein fröhlicher Frühaufsteher, bevor die Schlafstörungen begannen. Seitdem komme ich vor lauter Denken nicht zur Ruhe. Ich muss zugeben, dass dieses übertriebene Nachdenken mir manchmal Linderung verschafft. Es lindert mein Leid und meine ständigen Ängste.

Ich wage es nicht, der Angst noch mehr Aufmerksamkeit zu schenken, und blicke weg von mir. Ich will nicht länger nach dem Leuchten in meinen Augen suchen, welches ich schon längst mit den Tränen verloren habe.

Ich gehe schleunigst aus dem Bad und schaue tatsächlich noch mal in meine Schultasche. Vielleicht werde ich heute von meiner Mutter hören: »Schön, dass es dich gibt«, weil ich keine Beschwerde vom Lehrer im Hausaufgabenheft stehen habe. Meine Schultasche ist vollständig gepackt. Der von meiner Mutter unterschriebene Elternsprechtagzettel ist ausgefüllt und auch schon drin.

Typisch Mama. Sie kann es einfach nicht lassen, sich dafür zu interessieren, wie es mir in der Schule geht. Und sie weiß trotzdem nichts – nichts von dem, was ich weiß, wie ich lerne, und auch nichts davon, wie ich mich fühle.

Ich werfe mir die Tasche über die Schulter und trotte in die Küche, um mir mein Brot zu schmieren. Dort erblicke ich meine Mutter. Ich sehe sie und weiß sofort, dass es ihr nicht gut geht. Ich sehe es in ihren Augen. Immer.

Manchmal frage ich sie: »Ist irgendetwas passiert, Mama?« Manchmal bekomme ich darauf eine Antwort, manchmal ist sie abwesend und hat meine Frage nicht einmal gehört. Wenn das passiert, frage ich mich, ob ich unsichtbar bin, ob ich wahrgenommen werde oder zu wenig Präsenz aufbringe.

Mich interessiert es wirklich, wie es ihr geht. Ich erkundige mich nicht nur aus Höflichkeit. Manchmal versucht sie, die Antwort hinter einem Lächeln zu verstecken. Sie ist mit ihren Tätigkeiten und Sorgen beschäftigt. Die Sorge um die Familie, um das Überleben, die Sorge um mich und meine Geschwister lassen sie vergessen, dass es für sie auch nicht immer besonders schön läuft.

Ja, sie ist wirklich vielbeschäftigt. Deswegen habe ich dafür Verständnis, dass sie mich nicht sieht und meine Probleme nicht wahrnimmt.

Aktuell macht mir die Schule zu schaffen. Gestern hat mir ein Mitschüler mit einem Druckbleistift in den Oberschenkel gestochen. Er ist mein neuer Sitznachbar. Für die Lehrerin ist es natürlich einfach, einen der wildesten und unerträglichsten Schüler neben einen Jungen zu setzen, der sehr ruhig ist und eigentlich nur lernen will.

Im Unterricht will ich alle Anforderungen erfüllen, die gestellt werden. Aber wenn ich etwas weiß und mich melde, sieht mich niemand. Manchmal wirkt es fast wie Absicht, dass der Lehrer mich ausgerechnet dann aufruft, wenn kein Finger nach oben zeigt. Und ich frage mich: Warum?

Aus Angst, nicht konzentriert gewesen zu sein, kommt manchmal auch keine deutliche Antwort aus mir heraus, obwohl ich sie eigentlich wüsste. Doch die Gedanken überschlagen sich in solchen Momenten.

Ich weiß, Erwachsene darf man nicht kritisieren und meine Meinung könnte nicht besser sein als die des Lehrers, auch wenn sie Sinn ergäbe. Deswegen könnte ich sie niemals sagen. Dafür müsste ich erwachsen sein. Der Lehrer würde sich vielleicht in den Schatten gestellt sehen und es würden Fragen auf Fragen folgen. Ich möchte auf keinen Fall der Verursacher unangenehmer Ereignisse sein. Und so stammele ich irgendetwas vor mich hin, aber nicht das, was ich eigentlich sagen will.

Wenn dann ein Geschrei losbricht, wieso ich nicht deutlich spreche oder wieso ich mich im Unterricht nicht so einbringe, wie es der Lehrer erwartet, blende ich manchmal die Worte aus. Ich höre nur noch das Schreien des Lehrers: »Du bist nicht so, wie ich dich haben will. Du bist nicht der Schüler, der du sein solltest. Du bist nicht schön, du bist nicht gut, du bist nicht klug ...« Wahrscheinlich hat der Lehrer nicht genau diese Worte gesagt, aber es kam bei mir so an.

Ich weiß ja, dass ich ihm keinen Nutzen bringe. Trotzdem frage ich mich: Warum schreit er mich an? Ich bin doch der Schüler, nicht der Lehrer! Ich bin nur ein Schüler! Der Schüler, der zu lernen versucht! Warum schreit er mich an?

Zu Hause wurde mir beigebracht, dass die Schule gar nicht wichtig sei. Die Schule sei einfach nur eine Pflichtaufgabe und alle Lehrer seien blöd oder brächten uns Blödsinn bei. Ich weiß nicht so recht, ob wirklich alle Lehrer blöd sind oder Blödsinn lehren, denn manche mag ich sogar. Es sind natürlich die wenigsten, aber diese einzelnen Lehrer sind aufmerksam und vermitteln uns Sinnvolles. Sie haben wirklich ein Interesse daran, den Kindern etwas beizubringen, und schreien sie nicht an oder versetzen sie in Verwirrung. Doch ich denke, meine Eltern oder andere Erwachsene aus meinem Umfeld haben ihre eigenen Erfahrungen gemacht. Und diese Erfahrungen färbten leider auf mich ab und schrieben mir vor, wie ich über Lehrer denken sollte.

Ich respektiere trotzdem jene Lehrer, die gut für mich sind, und schenke ihnen meine Anerkennung. An sich würde ich gerne mehr erfahren, mehr verstehen, mehr lernen, um mich nicht ständig zu langweilen. Stattdessen muss ich mir Dummheiten anhören, von einigen Lehrern, die mehr wissen sollten und es auch vorleben sollten. Ich finde, sie könnten ein besseres Vorbild sein, zum Beispiel in ihrer Wortwahl.

Verwirrungen gibt es in der Schule genug. Merkwürdigerweise erhält man Minuspunkte für schlechtes Verhalten, aber keine Pluspunkte für gutes Verhalten. Zuerst heißt es, Benehmen und Verhalten hätten nichts mit einer Zeugnisbewertung zu tun, und im nächsten Augenblick sind Benehmen und Sozialverhalten dann doch ausschlaggebend für die Note.

Bei mir ist ein Ja ein Ja, und ein Nein ist ein Nein!

Ich verstehe Regeln und halte mich daran. Es wird schwierig, wenn sich plötzlich etwas als falsch herausstellt, von dem ich dachte, dass es richtig sei.

Manchmal begreife ich nicht, was die Lehrer von mir wollen. Am Schlimmsten ist es, wenn sie mir Fragen zu meinem Privatleben stellen. Dann frage ich mich erst recht: Was hat das mit der Schule zu tun? Wenn mir ein Lehrer ernsthaft helfen möchte, dann antworte ich ihm gerne. Aber meist steckt nur Neugierde dahinter, was noch mehr Druck und Unsicherheit erzeugt, weil meine Familie nun mal nicht so ist, wie sie sein sollte.

Das sehe ich irgendwie auch selbst!

Ich brauche niemanden, der mir das verdeutlicht!

»Wir müssen los«, sagt meine Schwester.

Ich war wieder in Gedanken versunken und habe total vergessen, dass ich ja noch frühstücken wollte. Wenigstens ist mein Schulbrot fertig und ich kann mich jetzt schon auf die Frühstückspause freuen.

Ich ziehe meine Jacke an und achte darauf, dass ich die richtigen Schuhe erwische. Mit leerem Magen laufe ich neben meiner Schwester zur Bushaltestelle.

Und so beginnt der Tag.

Eigentlich wollte ich nur wissen, ob mich jemand lieb hat und ob ich zu etwas zu gebrauchen bin. Ich wollte hören, ob meine Mama das sagen kann: »Ich hab dich lieb. Schön, dass es dich gibt.« Ich wollte wissen, ob sie mich gesehen hat. Ob sie gesehen hat, dass ich es heute nicht einfach habe, dass es mir nicht gut geht und ich mich gestern in den Schlaf geweint habe.

Doch sie hat mich anscheinend nicht wahrgenommen, wie ich mich fühle und das ich Hilfe brauche.

Im Bus

Im Bus sehe ich viele Menschen, sehr viele, die sich schubsen. Sie beachten sich nicht und zeigen kein Interesse füreinander.

Eine alte Dame hat sich vertan und ist an unserer Bushaltestelle eingestiegen. Ich biete ihr meinen Platz an, indem ich sofort aufspringe und ihr zeige, dass sie sich hinsetzen kann. Ich freue mich einfach, wenn es anderen Menschen gut geht, und es gefällt mir, wenn ich beweisen kann, dass ich ein nutzenbringender Mensch bin. Als sie sich hinsetzt, sehe ich, dass sie lächelt. Sie strahlt Wärme und Liebe aus, das erinnert mich an meine Mama.

Meine Mama ist auch sehr dankbar, wenn ich sie mit Kleinigkeiten überrasche. Sie freut sich, wenn ich die Spülmaschine aus- oder eingeräumt habe, wenn das Waschbecken sauber ist, wenn ich staubgesaugt habe und mich um meine Geschwister kümmere. Summieren sich diese kleinen Dinge, dann nimmt sie sie auf jeden Fall wahr. Dann gibt sie mir zu verstehen, dass sie es gesehen hat, und schenkt mir ein Lächeln. Manchmal sagt sie es auch mit einem Wort: »Danke.« Wenn ich viele dieser Hausarbeiten erledige, hat sie etwas mehr Zeit für sich.

Ich weiß, dass sie sich für mich einsetzen würde. Gerade deshalb darf ich ihr nicht alles erzählen. Würde ich das tun, wäre ich vielleicht eine Petze, und das will ich auf keinen Fall sein. Eine Petze zu sein ist wirklich nicht schön, so wurde es mir beigebracht, und deswegen muss ich mit meinem Problem wahrscheinlich alleine klarkommen. Ganz alleine.

Ich weiß nicht, wie ich es heute aushalten soll, neben diesem schrecklichen Mitschüler, der wirklich alle schikaniert. Mir fällt der Tag ohnehin schon schwer und ich sehe ja, dass die Lehrer mich nicht mögen, weil ich einfach nicht so bin, wie sie mich haben wollen. Und manchmal denke ich: Warum kann ich nicht einfach klug sein, warum kann ich nicht einfach schön sein? Oder mögen sie mich nicht, weil ich mich selbst nicht leiden kann?

Schöne Menschen bekommen von Geburt an mehr Aufmerksamkeit. Bereits auf der Säuglingsstation. Die Krankenschwestern stehen gern um hübsche Babys herum und bewundern sie mit lieben Worten. Schöne Menschen haben es offensichtlich leichter im Leben. Ich habe sogar gehört, dass gutes Aussehen im Bewerbungsprozess förderlich ist.

Manchmal wundere ich mich, warum einige Menschen mich für schön halten. Ich frage mich, was sie in mir sehen. Ich würde so gerne schön sein.

Ich frage mich auch, wann ich endlich nutzbringend sein werde, selbstbewusst, groß, stark und wertvoll.

Im Technikunterricht ist mir einmal etwas gut gelungen. Ich war sehr erstaunt, als die ganze Klasse um mich herumstand und auf mein Produkt schaute. Eigentlich höre ich zu Hause kaum nette Worte. Manchmal fallen grundlos Sätze wie, ich wäre ein Trottel, ein Esel, ein Nichtsnutz oder ein Idiot. Und manchmal werden die Bezeichnungen schlimmer, weil auch noch das Wort »voll« davorsteht. Ich sei ein Vollidiot.

Ich denke oft: Ist das wirklich wahr?

Ich will mich nicht damit identifizieren, aber trotzdem entwickelt sich eine innere Stimme daraus.

Schon mit acht oder zehn Jahren merkte ich, dass mir die Dinge nicht so gelingen wie einem Erwachsenen. Sie gelingen mir auch heute, mit zwölf Jahren, noch nicht perfekt. Ich habe eben keine Übung darin.

Trotzdem wird erwartet, dass ich von selbst auf Schlussfolgerungen komme. Ich soll Dinge auffangen, die den Erwachsenen aus den Händen gleiten. Mir müsste es zum Beispiel selbstständig einfallen, das Geschirr abzuräumen, auch das der anderen. Ich sollte von selbst wissen, welche Schrauben ich meinem Vater reichen muss, wenn er sein Hobby ausübt.

Ich verstehe, dass Emotionen wie Wut und Unruhe einen Ausdruck brauchen. Doch warum lassen Erwachsene so etwas an Kindern aus und beschimpfen sie als nichtsnutzig und dumm? Gibt es keine anderen Möglichkeiten, sich abzureagieren?

Mir selbst helfen Spaziergänge und Wanderungen.

Es gibt Zeiten, in denen ich die Worte der Erwachsenen anzweifle. Das geschieht manchmal, wenn sich meine Klassenkameraden um mich scharen und über irgendetwas staunen, was ich angeblich gut kann. Die erniedrigenden, hässlichen, gemeinen und bösartigen Worte, die ich gewöhnlich höre, treten dann kurzzeitig in den Hintergrund. Obwohl ich meine Zustimmung verweigere, glaubt irgendetwas in mir diesen negativen Worten. Und deswegen bin ich jedes Mal überrascht, wenn andere über etwas staunen, was ich mache.

Dennoch fühle ich Angst. Die Angst, nicht gut genug zu sein.

Auch jetzt habe ich Angst, weil ich weiß, dass ich bald aussteigen muss. Ich habe Angst vor dem Herumgeschubse in dem überfüllten Bus.

Ich schaue mich noch einmal um und hole dann mein Handy heraus. Mal sehen, ob ich Nachrichten habe. Vielleicht sollte ich ein Download-Spiel starten, das ich ohne Internetverbindung spielen kann. Zum Abschalten hilft es, aber manchmal langweilen mich diese Spiele.

Weil meine Eltern sparen müssen, habe ich nur dann WLAN, wenn ich mich irgendwo einloggen kann. Das geht nicht immer, wenn ich es gerade brauche oder wünsche. Meine Geschwister und ich haben keinen Vertrag, sondern nur eine Karte, die monatlich aufgeladen werden kann, sobald das Guthaben verbraucht ist. Bei mir ist es nur halbjährlich, wenn überhaupt, notwendig.

Ich spare gerne. Ich spare gerne für meine Eltern, damit sie so wenig wie möglich für mich ausgeben müssen. Manchmal freue ich mich, wenn sie Kindergeld bekommen. Das gibt mir ein gutes Gefühl und ich nehme mir die Freiheit, mich satt zu essen und nach neuen Stiften für die Schule zu fragen. Diese Stifte nutze ich dann auch zu Hause für mich und meine Zeichnungen. Aber ich frage so wenig wie möglich, weil ich weiß, dass sie noch andere Kinder haben. Mir ist klar, dass meine Mama das Geld nötig hat, für meine kleinen Geschwister. Deshalb bitte ich sie selten um etwas. Ich weiß ja, dass wir nicht reich sind.

Warum ist es eigentlich »böse«, reich zu sein? Mehr Geld würde uns – und auch mir – das Leben einfacher machen. Ich würde es wagen, mal einen Wunsch zu äußern.

Aber ich halte mich daran, nichts Unerwünschtes zu tun, und äußere keine Wünsche. Ich akzeptiere, dass meine Eltern sagen: »Wir haben kein Geld«, und frage wirklich so gut wie nie. Auch nicht, wenn ich am Spielzeugladen vorbeilaufe, falls ich mal zum Einkaufen mitgenommen werde. Dann sehe ich all die Spielsachen, die ich mir so sehr wünsche. Ich betrachte sie nur kurz, aber sehr gerne, und ich kann mir sofort vorstellen, wie ich damit spielen würde, was ich damit spielen würde und mit wem ich damit spielen würde, wie ich mich freuen würde!

Aber fragen – nein! Ausgeschlossen!

Meine Geschwister fragen ja schon genug, da kann ich doch nicht zusätzlich noch meine Wünsche äußern. Und ehrlich gesagt will ich auch kein »Nein« hören.

Ein »Nein« tut mir weh.

Ich frage mich, warum. Ein »Nein« ist doch einfach nur eine Aussage. Und wenn man oft genug fragt, so wie ich es bei den anderen sehe, kommt auch irgendwann mal ein »Ja«.

Aber jedes »Nein« trifft mich zu sehr. Trifft mein Herz und ich fühle Schmerz. Schmerz, weil ich etwas Falsches gemacht habe, weil ich etwas Falsches gefragt habe, weil ich falsch bin.

Wenn ich die Bedingungen nicht erfülle, mich nicht an die Wünsche anderer halte, vielleicht werde ich dann nicht mehr geliebt?

Denn gesehen werde ich schon lange nicht mehr. Und ich möchte die Aussagen meiner Eltern akzeptieren, ich möchte nicht streiten oder darauf bestehen, meine Wünsche erfüllt zu bekommen.

Ich wünschte mir, wir hätten mehr Geld. Dann würde ich ein »Ja« hören, wenn ich eine Bitte äußere.

Der Bus bremst an der Haltestelle. Ich ziehe meine Schultasche fester an mich und steige aus, zusammen mit den anderen Mitschülern. In dem Gedränge sehe ich, dass die alte Dame sich nach mir umdreht.

Wie cool ist das denn?! Ich glaube, sie mag mich und findet mich sympathisch. Irgendwie fühle ich es. Naja, das würde ich mir wünschen. Es ist eine wertschätzende Geste, dass sie mich anblickt. Zumindest hat sie mich wahrgenommen, schließlich hat sich außer mir niemand bewegt, als sie eingestiegen ist. Und es waren schon mehrere junge Leute im Bus. Aber niemand wollte sie sehen, niemand ist aufgestanden und hat gesagt: »Möchten Sie sich hinsetzen?«

Ich bin mir sicher, meine Schwester hätte es gemacht, wenn sie sich nicht auf mich verlassen hätte. Sie kennt mich in dieser Hinsicht eben gut.

Ich habe in der Grundschule immer darauf geachtet, dass es meiner Schwester an nichts fehlt, und ich habe sie beschützt, wenn nötig. Seit dem Kindergarten schon, bis heute. Auf dem Weg zur Grundschule habe ich täglich ihre Schultasche getragen, zusätzlich zu meiner. Ich habe das gerne getan. Sicher sah es lustig aus. Ich, ein Zweitklässler, mit zwei Schultaschen, und eine davon war babyblau mit rosa Schleifen. Neben mir meine kleine Schwester, glücklich hüpfend, frei und unbeschwert.

Ist heute vielleicht doch ein guter Tag? Zum Glück habe ich die alte Dame sofort gesehen. So konnte ich mit einem guten Gefühl aus dem Bus steigen. Ich weiß, dass ich ihr sympathisch war und hoffentlich auch sehr nutzbringend.

SCHULHOF

Es fängt tatsächlich an zu regnen. Das habe ich mir schon heute Morgen gedacht. Jetzt, wo ich auf dem Schulhof laufe, beginnt es sogar zu stürmen. Wahrscheinlich gibt es heute keine neue Sitzordnung. Der Himmel weint jetzt schon mit mir, denn ich muss neben dem Schüler sitzen, der für alle anderen unerträglich ist, ehrlich gesagt auch für mich. Er schikaniert alle, die er schikanieren kann, die schwächer aussehen, die schwächer sind.

Aber warum unterschätzt er mich?

Ich wage nicht einmal zu denken, dass er es verstehen könnte. Es ist meine eigene Entscheidung, freundlich zu ihm zu sein. Einfach nur eine Entscheidung.

Ich könnte mich wehren, ich könnte zuschlagen. Aber ich entscheide mich freiwillig, gut zu sein.

Warum verstehen es die Menschen um mich herum nicht? Warum sehen die anderen nicht, dass ich auch anders sein kann? Ich könnte meine Mitschüler auch schikanieren, ich könnte zurückschlagen, ich könnte mich wehren. Aber ich will gut zu den Menschen sein und niemanden verletzen. Ich will helfen und nutzbringend sein. Ich will gesegnet sein. Ich will Gutes tun, denn dazu wurde ich erzogen.

Ich laufe immer noch durch den Regen über den Schulhof. Stimmen dringen zu mir durch. »Hey«, »Guten Morgen«, ich grüße gerne zurück. Auch die Lehrer grüße ich höflich, denn sie sind so etwas wie Vorgesetzte und haben eine gewisse Vorbildfunktion. Ich stelle mir immer wieder vor, dass sie mir irgendwann etwas zeigen könnten, was ich noch nicht gesehen habe. Deshalb grüße ich wirklich sehr freundlich, weil es bestimmt irgendwann der Fall sein wird, dass ich erkenne, worin sie mir ein Vorbild sind. Lehrer und Vorgesetzte müssen etwas vorleben, was erstrebenswert ist. So sehe ich das. Ich suche weiter. Mal sehen, vielleicht kann ich heute irgendwas entdecken.

Ich trete durch die Tür in den Klassenraum und bewege mich so unauffällig wie möglich, weit nach hinten. Früher saß ich vorne, doch da bin ich negativ aufgefallen. Ich wollte in der ersten Reihe sitzen, um zu zeigen, dass ich lernen will, dass ich verstehen möchte, was unterrichtet wird. Aber die Lehrer haben mich nur angeschrien. Und richtig wütend wurden sie, als ich während des Zuhörens, um mich noch besser zu konzentrieren, ein Bild malte. Ich habe wirklich viel vom Unterricht aufgenommen, bis mir das Bild aus den Händen gerissen wurde.

Und ich hörte Geschrei.

Ich wurde angebrüllt und fühlte mich gedemütigt. Ohne gefragt zu werden, ob ich etwas vom Unterricht mitbekommen habe, wurde ich als Vollidiot und Nichtsnutz hingestellt.

Wieso sehen mich die Menschen so?

Bei diesem Gedanken fühle ich Leere. Es ist zwecklos, mir Mühe zu geben, es ist zwecklos, zu lernen.

Wieso sehen mich die Menschen nicht so, wie ich bin? Wieso fühle ich mich wie eine Belastung und nicht wie eine Bereicherung?

Ich möchte doch so gerne eine Bereicherung sein. Wieso zeigt mir keiner, wie es geht? Wieso sagt mir keiner, wie es geht? Ich bin doch noch ein Kind und fühle mich manchmal erwachsener als die Lehrer, die uns Gutes vorleben sollten, die uns ein Beispiel sein sollten.

WARUM FÜHLE ICH MICH ALS KIND ERWACHSEN?

Oft fühle ich mich erwachsener als alle anderen Kinder um mich herum. Gerne würde ich mit Erwachsenen auf Augenhöhe sprechen. Aber wie? Einem Kind wird doch nicht zugehört. Ein Kind darf niemanden unterbrechen, ein Kind darf sich nicht einbringen.

Ich werde nicht gesehen. Ich werde nicht gehört.

Wenn mir etwas unlogisch erscheint, möchte ich darauf hinweisen und ein Bewusstsein dafür fördern. Ich würde mich so gerne einbringen und mehr von meinen

Ideen zeigen. Ich würde gerne vervollständigen, doch ich bin ja noch ein Kind.

Und wer bin ich schon? Was habe ich schon zu sagen? Ich glaube, wenn mir wirklich jemand zuhören würde, wäre die Überraschung groß. Derjenige wäre sicher verblüfft darüber, wie ich denke, was ich denke.

Und wenn der »Dumme« nicht versteht, was gemeint ist, weil es für ihn unerfahren oder unlogisch klingt, hält sich der »Dumme« selbstverständlich für klug und bewertet Klugheit als Dummheit.

Mein Mathelehrer verlangt nicht nur das Ergebnis einer Aufgabe. Er besteht auf einen geschriebenen Rechenweg. Doch jedes Mal, wenn ich meinen eigenen Rechenweg aufschreibe, schaut er mich an, als würde ich etwas nicht verstehen. Und dabei versteht er nicht, dass ich kurze, direkte Wege mag. Zeitsparende und effiziente Wege, keine langgezogenen Umwege. Hauptsache, das Ergebnis stimmt, oder nicht?

Zu ein paar Kindern habe ich ein freundschaftliches Verhältnis. Dabei verfolge ich Strategien.

Mit einem der Mitschüler bin ich befreundet, weil er lustig ist. Es macht Spaß, immer etwas zum Lachen zu haben und ein wenig Leichtigkeit zu fühlen, weil er so humorvoll ist.

Der andere zeigt sich »dümmer«, als er wirklich ist. Er hat nicht die leiseste Ahnung, dass ich ihn längst durchschaut habe. Ich bin mir seiner Intelligenz bewusst.

Es gibt niemanden, den ich »meinen besten Freund« nenne. Auch wenn mindestens drei meiner Freunde potenziell dafür geeignet wären. Hätte ich nicht Angst davor, ein »Nein« zu hören, würde ich sie öfter nach einem Treffen fragen.

Ich habe große Angst vor Ablehnung. Vielleicht ist diese

Angst entstanden, als ich einmal meine Mutter umarmen wollte, die aber keine Zeit hatte. Sie befreite sich sofort aus der Umarmung. Ich kam nicht auf die Idee, ihr zu sagen: »Mama, ich will dich umarmen!« Oder: »Mama, du bist es wert, umarmt zu werden!« Oder: »Mama, wo sind deine Gedanken? Komm, ich halte dich fest, dann geht es dir besser.«

In mir wuchs der Glaubenssatz: »Wenn ich auf Menschen zugehe, werde ich abgelehnt.« Ich fühlte mich zurückgewiesen und bezog es auf mich, was mich negativ prägte.

Erst viel später hörte ich den Spruch: »*Verletzte Kinder kriegen Kinder und tun ihr Bestes.*« Schade, dass ich es damals nicht wusste. Diese Blockaden können gelöst werden. Niemand ist vollkommen.

DER UNTERRICHT

Die Schulstunde beginnt. An mir huscht einiges vorbei, weil ich schon wieder in meinen Gedanken bin. Mathe kann ich eh. Ich wünschte mir nur, es würde jemand sehen.

Jemand würde mich sehen.

Jemand würde meinen Kummer sehen.

Denn manchmal wünsche ich mir, einfach nur zu sterben.

Aber ich lebe!

Ich frage mich, wozu ich lebe, wenn ich doch zu nichts nützlich bin.

Wenn ich Worte wie »Nichtsnutz« höre, überlege ich mir, warum jemand das sagt und ob es stimmt.

Ich verstehe darunter: »Schade, dass es dich gibt. Schade, dass ich mich um dich kümmern muss. Schade, dass ich Geld für dich ausgeben muss, weil du essen willst, das solltest du dir verdienen, mit Arbeit.«

Und ich denke mir: Wer macht das schon aus meiner Klasse?

Niemand!

Keiner, den ich kenne, trägt zwei Schultaschen auf einmal. Seine und die seiner Schwester. Keiner, den ich kenne, weiß, wie es seiner Mutter wirklich geht. Ich weiß, wie sich jeder Einzelne in meiner Familie fühlt. Keiner fegt die Pflastersteine und recht unermüdlich Blätter im Garten, bis die Sonne untergeht. Keiner räumt die Spülmaschine täglich aus und schreibt nette Gedichte für Menschen, die er liebt. Ich habe noch von keinem Jungen aus unserer Klasse gehört, dass tägliche Hausarbeiten oder Gartenarbeiten nach der Schule anstehen. Aber ich mache das. Ich mag es, Freude zu bringen, ich bin gerne liebenswert und gut.

Wieso sieht das denn keiner? Vielleicht ist es nicht gut genug? Vielleicht bin ich nicht gut genug?

Was muss ich tun, um gut genug zu sein? Wie muss ich sein? Was muss ich tun und denken, um es wert zu sein, geliebt zu werden? Wahrscheinlich ist das die Lösung: Ich muss mich trauen, genau diese Fragen zu stellen, denn ich verstehe nicht, was ich noch machen muss, um gesehen zu werden, um auch etwas zu nützen.

Als ich vor einigen Wochen die Hausaufgaben für meinen Klassenkameraden mitnehmen wollte, durfte ich es nicht. Angeblich sei ich nicht zuverlässig, hieß es.

Ich erinnere mich, dass er selbst dieser Aufgabe nicht nachgekommen war, als ich krank war. Zweimal musste ich ohne Hausaufgaben aufkreuzen, weil ich die Zettel nicht bekommen hatte, die ich so lange angefordert hatte. Irgendwann hatte ich es einfach vergessen, dass ich sie hätte nachreichen müssen. Es wurde so hingestellt, als wäre ich der Unzuverlässige.

Ich musste lachen, weil ich nun keine Hausaufgaben für meinen Klassenkameraden mitnehmen darf, obwohl er der Unzuverlässige ist. Ehrlich gesagt, werde ich mich nicht noch einmal anstrengen. Was bringt das schon? Diese Mühe kann ich mir sparen.

Doch bei diesem Gedanken fühle ich Schmerz.

Meine Mutter und andere Menschen, die mich kennen, sehen das anders. Sie zählen Zuverlässigkeit zu meinen Stärken oder sogar Eigenschaften.

»Ah!«, rufe ich leise, weil mich mein Sitznachbar gerade geschubst hat. »Könntest du das bitte lassen? Ich konzentriere mich auf den Unterricht.«

»Sieht gar nicht danach aus!«, sagt er grinsend. »Na? Hast du gepetzt, dass ich dich gestern mit einem Stift gestochen habe?«

Ich rolle mit den Augen und erwidere: »Wovon redest du überhaupt? Ich habe niemandem was gesagt. Aber wenn du das noch einmal machst, dann steche ich zurück!«

»Das wirst du nicht wagen!«

»Warum nicht?«, spreche ich gerade noch aus, als ich Geschrei in meine Richtung höre.

Ich werde wieder angebrüllt!

»Herzlichen Glückwunsch«, sage ich zu mir selbst. Obwohl ich nichts gemacht habe, nicht angefangen habe, ich wollte eigentlich zuhören, aber jetzt bin ich schuldig!

Ich glaube, die Lehrerin macht das mit Absicht. Sie weiß ganz genau, wer neben mir sitzt!

Dieser Junge ist ein reicher, verwöhnter Schnösel und sein Vater ist Inhaber einer großen Firma. Von den Eltern wird er nach Strich und Faden verwöhnt. In der Schule erlaubt er sich, andere zu schikanieren, wann immer ihm danach ist. Zu Hause kann er bestimmt machen, was er will. Er kann dort sicher auch seine eigene Meinung sagen, völlig frei heraus. Und noch mehr: Er darf sagen, was er will, er muss sich nicht zurückhalten, nicht einmal hier im Unterricht. Er darf sein, wie er will, auch wenn er anderen damit schadet.

Auch er ist eine Figur auf dem Lebensschachbrett. Dieser Junge ist im Grunde ein Lehrer. Er lehrt andere, mit Mobbing umzugehen und zu verstehen, wie es sich anfühlt, schikaniert zu werden. Er zwingt sie, daraus zu lernen und sich zu positionieren. Denn es gibt nie nur ein Opfer und einen Täter. Alles ist miteinander verknüpft.

In die Opferhaltung zu verfallen und Verletzung zuzulassen, ist auch eine Tat. Keine Grenzen zu ziehen, ist auch eine Tat. Und derjenige, der andere mobbt, ist Täter und Opfer zugleich. Er lebt die Verletzung aus seiner inneren Verletzung heraus.

Aber ich will ein Held und ein Gewinner sein. Dieser Wunsch lässt sich nicht mit dem Opfersein kombinieren. Ich weiß, dass ich Erwachsenen Respekt entgegenbringen sollte, somit auch den Lehrern. Und jetzt, wo mich die Lehrerin als Schuldigen betrachtet, kann ich mich nicht mal wehren, obwohl es angebracht wäre. Doch wer würde schon zuhören? Was würde die Wahrheit in dem Fall nutzen?

Es tut mir einfach nur weh, diese Ungerechtigkeit!

Trotzdem bin ich bereit, dem Unterricht weiter zu folgen. Doch plötzlich spüre ich einen schmerzhaften Stich in meinem Oberschenkel. Wut, Zorn und Traurigkeit fließen wie eine Welle durch meinen Körper. Ein kurzer Impuls verursacht einen Kurzschluss in meiner Ideologie von Menschlichkeit. Ich greife nach einem meiner Stifte und steche in den Oberschenkel meines Sitznachbarn, als Antwort. Denn wer es wagen konnte, mich mehrmals zu stechen, der darf jetzt auch einmal spüren, wie das ist.

Der Schock im Gesicht meines Klassenkameraden ist der Beweis, dass er mich unterschätzt hat.

Niemand sieht mein Herz. Niemand sieht, dass ich mehr Kraft habe und sie nur dann zeige, wenn mir alles egal wird. Keiner erkennt, dass es meine freie Entscheidung ist, meine Mitmenschen nicht zu verärgern, und dass ich auch anders könnte.

Plötzlich herrscht Stille. Aus dem Augenwinkel sehe ich das schmerzverzerrte Gesicht meines Sitznachbarn. Ich fühle ebenfalls Schmerz, und zwar in meinem Herzen. Ich will diesen Kampf doch gar nicht! Ich will einfach nur meinen Frieden, innere Ruhe und Harmonie.

Nachdem ich das gemacht habe, wird es nicht ausbleiben. Ich werde meiner Mutter die Geschichte erzählen müssen. In dem Fall: Petzen. Falls jemand anruft.

Ich möchte nicht, dass sie sich um mich sorgt und ernsthaft denkt, dass ich so etwas grundlos tun würde.

Es ist nicht so, dass ich mich nicht wehren kann. Aber ich will so etwas nicht tun. Ich hasse es, wenn ich Böses tue, weil ich das Gute liebe, gut sein möchte und gute Menschen liebe. Ich liebe es, wenn Menschen Gutes geschieht. Wohlergehen, nicht Schmerz!

Ich sah keinen anderen Ausweg, obwohl es ihn gab. Ich hätte es von vorneherein meiner Mutter erzählen sollen. Stattdessen dachte ich, ich muss mich endlich wehren. Und das habe ich getan.

Oh Hilfe, jetzt heult er verspätet los! Er sucht nun bei unserer ehrenwerten Lehrerin Unterstützung. Wenn er es mit dem Petzen übertreibt, werde ich der Lehrerin in die Augen schauen. Sie weiß ganz genau, dass er es verdient hat.

ICH ÜBERLEBE DEN TAG

Es wundert mich, dass die Lehrer Einsicht zeigen und sich in die Geschichte zwischen mir und meinem Sitznachbarn nicht einmischen wollen. Klar, sie haben die Hosen voll! Niemand will sich einmischen, niemand will irgendetwas tun. Niemand will sich einbringen oder gar darüber nachdenken. Denken? Ich glaube eher, dass alle viel dafür tun, um ja nicht nachdenken zu müssen. Das erfordert ja Zeit und Aufwand. Und stell dir das vor: Jemand müsste eingreifen, die Zone der Bequemlichkeit verlassen und sich einsetzen, vielleicht einen Konflikt auslösen. Das wollen die Lehrer natürlich nicht, schon gar nicht, wenn ein reicher Schnösel involviert ist.

Ich werde es auf jeden Fall meiner Mutter erzählen. Ich hoffe, sie hat dafür Verständnis. Trotzdem habe ich Angst, dass sie es nicht versteht, weil ich nicht die Schulleistung bringe, die sie sich wünscht. Aber es ist auch fast unmöglich, da es hier in dieser Schule gar nicht gewollt ist, dass ein Junge wie ich gut lernt. Manchmal habe ich das Gefühl, dass der eine oder andere Angst hat, ich könnte mehr auf dem Kasten haben, als ich zeige. Und mein Mathelehrer ist irgendwie doch erstaunt, weil ich die Ergebnisse sofort aufschreiben kann, ohne einen Rechenweg zu notieren.

Neulich hatte ich einen Rubik's Cube dabei, einen Würfel, der aus verschiedenfarbigen Steinen besteht. Innerhalb weniger Minuten hatte ich die anfangs vermischten Farben durch Drehen auf die jeweilige Seite sortiert.

Wenn ich solche Aktionen spontan abziehe, dann steht die ganze Klasse um mich herum und staunt, fragt, welcher Trick dahintersteckt. Das kann ich nicht beantworten, denn es ist einfach in meinem Kopf. Mein Kopf weiß so vieles spontan, ohne dass ich dafür eine Erklärung habe. Eigenes logisches Denken kann ich niemandem aus der Klasse beibringen, noch nicht.

Tatsächlich gibt es für den Würfel Tricks und Lösungsstrategien, die man ausführen kann. Es ist wirklich nicht so leicht, sie alle auswendig zu lernen und nacheinander zu befolgen, sodass sich kein Fehler einschleicht. Aber mit viel Übung könnte es funktionieren.

Bei mir ist es einfacher, weil ich die Lösung aus meinem Kopf hole. Ich muss nicht groß nachdenken, denn ich weiß, wann ich den Würfel wie drehen muss, damit alle Steine am Schluss an der richtigen Stelle sind. Und manchmal bringe ich ein Muster hinein, auf jeder Seite, um ein »Wow!« zu hören.

Letztens haben sich alle um mich geschart, als ich ein Bild malte. Das passiert öfters, wenn ich zeichne. Manchmal stehen nicht nur die Mitschüler aus meiner Klasse um mich herum, sondern auch Lehrer, und alle staunen. Und ich frage mich, warum meine Kunstlehrerin es nicht so sieht und mir nicht einfach mal eine gute Note gibt. Sie findet meine Bilder nur »ausreichend« oder »befriedigend«.

Ich versuche mich wirklich an alles zu halten, was sie wünscht, trotz meiner eigenen Ideen, die ich natürlich mit einbringe. Aber diese sind es eben, die den Ausschlag geben. Aus Sicht meiner Lehrerin habe ich dann die Aufgabe nicht erfüllt, die Sie verlangt hat.

Wieso dürfen eigene Intelligenz, eigene Inspiration und eigene Kreativität nicht integriert werden? Gelebt werden?

Ich muss es akzeptieren, denn Erwachsene haben immer recht. Das bedeutet: Ich habe die Aufgabe nicht verstanden.

Dabei hatte ich mir wirklich Mühe gegeben und war mit Freude bei der Sache. Aber Spaß zu haben ist nicht richtig. Ich muss etwas machen, was ich nicht schön finde, was ich nicht gut finde, was wirklich nervt, dann ist es korrekt.

Wenn ich eigene Bilder male, sind viele fasziniert, weil ich meine Kreativität auslebe. Sie spiegelt sich auf dem Papier wider. Manchmal verschenke ich diese Bilder an Freunde, die ich wirklich gerne mag. Einige behalte ich selbst, zur Erinnerung.

Meine Mama hat mich letztens gelobt und es fühlte sich gut an. Sie hat gesagt, dass sie beim Elternabend sofort gesehen hat, an welchem Platz mein Namensschild steht, ohne den Namen gelesen zu haben. Die meisten haben ihren Namen einfach nur drauf gekritzelt, einige sogar unleserlich. Mein Namensschild war umrahmt von wunderschönen Blumen. Blumen machen meiner Mama gute Laune. So sagt sie öfters. Blumen sind bunt und fröhlich und blühen einfach ins Leben hinein. Darum war mein Schild, mit meinem Namen, bunt und fröhlich.

Ja, von einigen Menschen wird das auch gesagt: Sie blühen, sie strahlen. Wäre es doch bei allen so, dann wäre es wahrscheinlich einfacher. Bei mir zu Hause strahlen eben nicht alle. Und manchmal habe ich den Eindruck, dass echt viele Menschen vom Leben müde sind. Ich weiß nicht, woran es liegt. Das versuche ich noch herauszufinden. Denn ich gebe mir besonders viel Mühe, dass ich gesehen werde, und ich möchte dazu beitragen, dass das Leben Freude bringt. Es fällt mir gerade nur nicht so leicht.

DER HEIMWEG

Nach dem Unterricht muss ich über den Schulhof gehen. Es ist eine der größten Herausforderungen für mich, heil an der Bushaltestelle anzukommen.

Auf dem Schulhof sind so viele Menschen. Kleine Kinder in erwachsenen Körpern. Ich fühle mich erwachsen, nur mein Körper lässt es nicht zu, dass es andere sehen. Die meisten unterschätzen mich, wie gesagt.

Sie wären überrascht, wenn sie mit mir reden würden. Aber selbst, wenn sie mich ansprächen, könnte ich nicht zeigen, wie ich wirklich bin. Es wäre für sie unbegreiflich und ich würde wieder als Idiot dastehen.

Kinder, die »Kristalle«, »Diamanten« oder »Orchideen« genannt werden, überfordern manchmal ihre Lehrer und Mitschüler, habe ich gehört. Es ist Segen und Fluch zugleich.

Vor einigen Jahren hatte ich ein Erlebnis, damals war ich noch in der Grundschule. Auf dem Schulhof meinte einer meiner Kumpels, mit mir streiten zu müssen. Ich war sehr verletzt, weil ich sein Freund war. Ich würde meine Freunde immer in Schutz nehmen, bis in den Tod, das sollten Freunde füreinander tun. Freunde beschützen sich gegenseitig und setzen sich für einander ein. Für Freunde stirbt man sogar, so habe ich es in einigen Geschichten gelesen, und dazu war ich auch bereit, mein Leben für meine Freunde hinzugeben.

Ich war bereit in einen Brunnen zu springen, wenn mein Freund hineinfallen würde. Doch ich begriff schnell, dass ich wohl der Einzige wäre. Niemand sonst wäre dazu bereit, aus meinem Umfeld. Und was bringt eine heldenhafte Tat, die nicht gefordert, ja, gar nicht erwünscht ist?

Es gab nun diese Auseinandersetzung mit einem meiner Freunde, und ich habe mich gewehrt. Wenn solche Dinge passieren, dann fühle ich mich besonders schlecht. Es schmerzt mich, weil ich selbst bereit bin, mein Leben hinzugeben, bereit bin, mit meinen Freunden durch Dick und Dünn zu gehen und sie in Schutz zu nehmen. Ich setze mich für sie ein, sogar in Situationen, die nicht mein Problem sind. Mit Sicherheit wäre es einfacher, sich zurückhalten und nichts zu machen, sondern wegzulaufen. Aber nein! In solchen Fällen, wenn ich gebraucht werde, bin ich mutig, ich stehe zu meinen Freunden. Obwohl ich von meiner Statur her eher schwach aussehe, würde ich mich für sie einsetzen.

Viele unterschätzen genau das! Dass der Geist voller Stärke ist. Wenn der Geist stark ist und die Wut groß, schlägt die Faust noch härter zu als erwartet. Darum schmerzte es mich umso mehr, gegen meine Ideale zu handeln.

Als ich mich damals wehrte und meinem Kumpel eine verpasste, wirkte es für immer. Aber wir blieben Freunde! Nie wieder gab es eine Auseinandersetzung zwischen uns.

Ich hatte die Grenze aufgezeigt, die bei mir nicht überschritten werden darf. Ich hatte mich getraut, zu mir zu stehen und trotz meines schwächlichen Aussehens ein Stopp zu signalisieren. Durch mein Handeln hatte ich Bewunderung geerntet. Aber ich bin es gewohnt, dass meine Fähigkeiten unterschätzt werden.

Sicher es gab auch andere Lösungen und Gewalt war definitiv die falsche. Wertfrei vielleicht ein einfaches: »interessant« lässt schon andere Gedankengänge zu, die Wortgewandtheit aber auch die eigene innere Einstellung. Damals war ich noch nicht so weit, um andere Lösungen zur Hand zu haben, außer das sich wehren mit Gewalt, mit der Sprache zu antworten die vom Gegenüber gesprochen wurde. Auch wenn mein Wunsch selbst war, einen besseren Weg gehen zu können.

Wir haben uns lange nicht gesehen, seit wir die Schule gewechselt haben. Ich frage mich oft, warum ich mich nicht mehr mit ihm treffe. Sollte ich mich bei ihm melden? Ich weiß nicht, was er nun macht und wie es ihm geht.

Im Herzen fühle ich Freundschaft, ich fühle, dass ich willkommen wäre. Aber ich erzähle mir eine Geschichte, um eine Ausrede zu haben, warum wir uns nicht sehen.

Meine Geschichte, die ich mir erzähle, ist sehr überzeugend: Er hat etwas Wichtigeres zu tun, als mit mir Zeit zu verbringen, sicher ist er sowieso nicht zu Hause, wenn ich zu ihm gehe, um ihn zu fragen. Und auf keinen Fall ertrage ich ein »Nein«, dann besser nicht fragen.

Würde ich es trotzdem wagen und er würde »Ja« sagen, dann könnte ich ihn besuchen – falls er mich zu sich einladen würde. Ich wäre für ein paar Stunden nicht zu Hause und könnte den Arbeiten entfliehen, die ich sonst immer machen muss. Die schlimmsten Aufgaben warten draußen. Ständig soll ich irgendwelche Bretter von Nägeln befreien, und das muss sehr schnell gehen. Oder ich soll die Bretter fein schleifen, auch das muss schnell gehen. Alles muss perfekt sein, ordentlich, ohne Freude, mit Mühe und Qual. Handwerkliches Arbeiten ist wohl nicht meine Stärke, war es noch nie. Das musste ich immer wieder feststellen, weil es nie gut genug war.

Aber ist es wirklich so?

Ist es die Wahrheit oder nur die Bewertung eines Menschen?

Und wenn ich nicht alles perfekt und ordentlich ausführe, bin ich dann nicht liebenswert? Bin ich ein Idiot, ein Trottel, weil ich es nicht kann? Noch nicht kann? Ich bin doch ein Kind!

Wenn so etwas passiert, möchte ich am liebsten tot sein, statt mir anhören zu müssen, welch ein blöder Junge ich bin. Sie geben mir deutlich zu verstehen, dass ich nicht gut genug bin, sondern wertlos für Menschen, die ich liebe.

Dabei würde ich gerne helfen und auch perfekt sein.

Ja, ich bin nicht perfekt! Aber ich könnte mir noch mehr Mühe geben, das weiß ich. Es fällt mir nur so schwer, wenn ich als »Volltrottel« bezeichnet werde.

Vielleicht ist es eben so. Vielleicht bin ich wirklich ein Trottel und kann es nicht. Ein Trottel kann doch nicht ordentlich sein. Ein Trottel ist eben trottelig und bei einem

Trottel können die Ergebnisse nie perfekt sein. Wahrscheinlich muss ich mich damit abfinden, denn sonst würde ich auch nicht »Nichtsnutz« genannt werden.

Auf dem Schulhof war ich überfordert, wegen der vielen Menschen. Ich habe versucht, mich ein bisschen zu verstecken, unauffällig zu gehen. Damit mich ja keiner anspricht, damit mich keiner sieht. Manchmal wünsche ich mir, ich hätte einen Umhang, der mich unsichtbar macht. Dann würde ich mutig über den Schulhof spazieren, ich würde mich drehen, ich würde vielleicht hüpfen und springen, vielleicht meine Tasche hochwerfen und sie wieder auffangen. Ich bin sehr geschickt, wenn ich mutig bin.

Aber das kann ich nicht ohne Umhang, die Menschen würden mich sehen. Und was würden sie von mir denken? Es wäre schrecklich, wenn sie irgendwas von mir denken würden, was mir nicht gefällt. Wenn sie erfahren würden, dass ich »Trottel« genannt werde.

Das wäre wieder ein Beweis, dass ich nicht gut genug bin und meine Taten nichts nützen.

Jetzt sitze ich im Bus. Die Regentropfen fließen in klitzekleinen Bächen an der Fensterscheibe herab. Draußen ist es düster, wie in meinem Herzen, und der Bus proppenvoll. Es stört mich nicht. Ich schließe meine Augen für einen kurzen Moment und blende alles um mich herum aus. Wenn ich gleich nach Hause komme, kann ich mich vielleicht in mein Bett legen und schlafen. Vielleicht wird es klappen, wenn ich früh genug da bin.

Der Bus hält, ich steige aus. Ich gehe in Richtung unseres Hauses und stelle fest, dass ich ein Glückspilz bin. Heute habe ich meinen Schlüssel dabei.

Ungern erinnere ich mich an den Tag, als ich ihn vergessen hatte. Ich fühlte mich so allein. Stundenlang stand ich im Garten und wartete auf meine Mama. Ausgerechnet an diesem Tag kam sie später als sonst.

Ich lief durch den Garten, weil ich mich mit irgendwas beschäftigen wollte. Mir war kalt und ich sah überall Leere, Dunkelheit und Enttäuschung. Ich war auch über mich selbst enttäuscht. Wie konnte ich nur den Schlüssel vergessen?!

Wieso kann ich nicht immer an alles denken, mich immer an alles erinnern? Wieso denke ich so viel nach, denke aber nicht daran, dass ich einen Schlüssel brauchen werde, wenn ich aus dem Haus gehe? Und eigentlich habe ich ihn ja immer in meiner Tasche.

Meine Schwester ist sehr klug in dieser Hinsicht. Oder eben anders als ich. Sie hat keine Angst vor fremden Menschen, auch nicht vor dem, was andere von ihr denken könnten. Sie nutzt solche Gelegenheiten. Wenn sie ihren Schlüssel vergisst, nutzt sie dieses Missgeschick für interessante Erlebnisse. Sie klingelt bei den Nachbarn und erfährt, wie freundlich diese sind. Sie bekommt Tee und Kekse und ist weiterhin gut gelaunt. An solchen Tagen erhält sie einen Einblick in eine andere Wohnung. Einen Einblick in die vier Wände fremder Menschen.

Wie es wohl bei den anderen aussieht? Wenn ich etwas mutiger wäre, hätte ich auch geklingelt und gefragt, ob ich eine halbe Stunde mit ihnen plaudern kann, mich bei ihnen aufhalten kann. Mir hätte auch eine halbe Stunde gereicht, selbst wenn meine Mama erst in zwei Stunden zurückgekehrt wäre. Doch ich traue mich so etwas nicht. Was ist, wenn die Nachbarn denken, ich sei ein Trottel, weil ich meinen Schlüssel vergessen habe? Was ist, wenn sie erfahren, dass ich nicht perfekt bin, weil ich nicht immer an alles denke? Was ist, wenn sie denken, dass ich überhaupt nichts denke?

Dabei denke ständig! Ich denke über alles und jeden nach. Wenn ich könnte, würde ich gerne weniger denken.

Jedes Mal, wenn mir etwas misslingt, gehe ich die Situation in meinem Kopf durch, wieder und wieder. Ich male mir aus, wie mein korrektes Verhalten aussehen würde, um negative Vorfälle in Zukunft zu vermeiden.

Manchmal wünsche ich mir doch ein bisschen Hilfe. Ich wünsche mir, dass mich jemand sieht, mir genau erklärt, wie ich sein soll, und mir zuhört.

Doch meistens höre ich zu.

Ich beobachte, ich lerne und speichere ungefiltert alles ab. Ich höre mir die Probleme anderer an. Ich sehe, wenn sie in Schwierigkeiten stecken. Manchmal bedrückt es mich, wenn meine Eltern traurig sind. Ich sehe es immer, das weiß nur keiner. Ich sehe, wenn zu Hause irgendwas nicht in Ordnung ist. Doch ich weiß auch, dass ich nicht helfen kann. Ich kann meine Mutter nur ein bisschen bei der Hausarbeit unterstützen.

Die Tatsache, dass ich meinen Schlüssel vergessen hatte, steigerte meine Wut. Die Wut, hilflos zu sein, nichts tun zu können, die aktuelle Situation nicht ändern zu können.

Ich lief damals Kreise im Garten und wollte jemandem die Schuld dafür geben. Zum Beispiel meiner Mutter, weil ich nicht wusste, wo sie war. Meinen Geschwistern, weil sie mich nicht an meinen Schlüssel erinnert hatten. Meinen Nachbarn, weil sie mich nicht auf einen Tee einluden. Meinem Zimmer, weil die Fenster geschlossen waren. Dem Haus selbst, weil die Türen verschlossen waren. Meinem Vater, weil er wieder die Bestätigung für seine Worte bekam, anstatt mir zu helfen und für mich da zu sein. Dann wäre ich bei allem viel konzentrierter.

Ich wollte irgendwem die Schuld dafür geben, dass ich nicht ins Haus hineinkam. Doch diese Schuld konnte ich auf niemanden abladen. Diese Schuld lag auf mir. Tief im Herzen wusste ich: Ich bin selbst dafür verantwortlich.

Ich hätte meine Mama fragen können, wann sie nach

der Arbeit zu Hause ist. Ich hätte meine Geschwister darauf hinweisen können, dass sie mich notfalls an meinen Hausschlüssel erinnern. Ich hätte mutig sein können und zu meinen Nachbarn gehen. Ich hätte ein Fenster auflassen können.

Ich war enttäuscht und traurig darüber, dass ich allein für meine Lage verantwortlich war. Ich selbst hätte darauf achten müssen, dass ich meinen Schlüssel mitnehme. Ich war selbst an der Situation schuld.

Aber ich wollte keine Schuld haben.

In diesem Augenblick fühlte ich, dass es schlimmer wäre, ein Fenster offen zu lassen, als stundenlang Kreise im Garten zu drehen. Was hätten meine Eltern dazu gesagt? Vielleicht wäre ich gar geschlagen worden, wegen eines offenen Fensters! Das hätte mich nur noch mehr gedemütigt, auch weil es dumm gewesen wäre. Reich waren wir sowieso nicht. Wer sollte schon in unser Haus einbrechen? Das würde niemandem einfallen, selbst bei offenem Fenster.

Zu Hause

Endlich kann ich mich ausruhen. Ich liebe es, früher zu Hause zu sein als die anderen. Zuerst werde ich etwas essen, bevor ich mit den Aufgaben beginne. Besser, ich mache die Hausaufgaben freiwillig, bevor ich dazu gezwungen werde. Noch schlimmer wäre es, irgendetwas tun zu müssen, was mir absolut keinen Spaß macht.

Zu Hause helfe ich wirklich viel, ohne zu fragen, ob es etwas nützt, ob es etwas bringt, ob ich etwas Sinnvolles mache. Ich vertraue meinen Eltern, dass ihre Projekte mit Sicherheit nutzbringend sind. Sie sind die Erwachsenen, sie sind die, die das Sagen haben. Sie sind die, die wissen dürfen, was sinnvoll ist. Denn ich bin ja nichtsnutzig, das musste ich öfters hören, ich bin ja nicht nötig. Ich könnte keine Ideen einbringen.

Schön, dass es Menschen gibt, deren Tätigkeiten etwas nützen. Sie machen etwas Sinnvolles, sie errichten etwas. Ich glaube, ich muss mich nicht mehr anstrengen, das bringt ja eh nichts. Auch wenn ich mir viel Mühe geben würde, wäre es nichtsnutzig und würde nichts ändern.

Manchmal wünsche ich mir, dass ich doch irgendwann mal den Satz höre: »Mensch, Junge, du bist toll, du bist ein guter Junge, du bist so klug, so ein cooler Typ, ein guter Kerl!«

Aber oftmals ist es genau das Gegenteil, was ich zu hören bekomme. Worte, die ich nicht hören will.

Ich freue mich, dass ich heute schon mittags auf meinem Bett liegen kann und nicht nachdenken muss, wann ich endlich ins Haus komme – so wie damals, als ich meinen Schlüsselbund vergessen hatte. Schade, dass mich die Erinnerung an solche Ereignisse immer so runterzieht. Wenn ich an diesen Tag zurückdenke, bekomme ich miese Laune. Würde ich mich auf Dinge konzentrieren, die mir gelungen sind, wäre mein Leben wahrscheinlich erträglicher.

Stattdessen denke ich an den Tag, an dem ich meinen Schlüssel vergessen hatte. Ich begebe mich in die Vergangenheit und stelle mir genau vor, wie ich im Garten herumlief und fror, wie ich mir wünschte, dass mich jemand sieht und sich mit mir unterhält, oder mich von der Schuld befreit, meinen Schlüssel vergessen zu haben.

Ich glaube, ich würde mich besser fühlen, wenn ich die Situation nicht dauernd in Gedanken durchspielen würde. Denn die Erinnerung an den Misserfolg zieht meine Laune so runter, dass ich heute am liebsten nichts mehr tun würde.

Ich kriege es nicht hin, perfekt zu sein. Perfekt wäre ich, wenn ich immer einen Schlüssel dabei hätte. Aber mir ist es nun mal passiert, dass ich ihn vergessen hatte.

Wieso kann ich nicht perfekt sein? Ich wünschte, dass ich noch nie eine negative Erfahrung gemacht hätte, dass ich noch nie jemanden enttäuscht hätte, dass ich niemals das Wort »Nichtsnutz« gehört hätte. Ich wäre so gerne vollkommen und perfekt.

Die Tür fällt ins Schloss, meine Mama kommt rein. Sie freut sich jedes Mal, wenn einer von uns zu Hause ist und sie mit uns sprechen kann. Ich frage mich: Warum?

Manchmal weiß ich nicht, was ich ihr sagen soll. Aber heute, da muss ich mit ihr reden. Ich muss ihr von der Schule erzählen. Diesmal wollte ich es nicht darauf beruhen lassen, dass ich mit einem Stift gestochen wurde. Ich sah mich gezwungen, mich zu wehren, weil niemand dagegen etwas unternommen hatte. Eigentlich wollte ich es nicht, schon gar nicht jemandem wehtun.

In der Hoffnung, dass ich mich heute vernünftig angezogen habe und meine Mutter nichts an meiner Kleidung auszusetzen hat, frage ich sie, was es denn Gutes zu essen gibt. Ich esse immer alles, was auf den Tisch kommt. Sie weiß es und kocht für mich fast am liebsten, weil ich nie etwas auszusetzen habe und für warme Mahlzeiten dankbar bin.

In dem Moment, wo sie mich nach meinen Hausaufgaben fragt, spüre ich ein Klopfen in meiner Brust. Ich habe Angst, dass vielleicht etwas im Hausaufgabenheft stehen könnte, woran ich mich nicht mehr erinnere. Ob die Lehrerin etwas für meine Mutter hineingeschrieben hat?

Meine Mama schaut mich erwartungsvoll an und ich sehe, dass sie gereizt ist. Ihr Tag ist wahrscheinlich wieder mal mit Terminen überfüllt und sie hat keine Zeit, eine lange Geschichte zu hören, von der Schule.

Sie hat echt viel zu tun. Ich versuche oft, Verständnis dafür zu zeigen, dass ihr Tag mit irgendwelchen Beschäftigungen belegt ist, weshalb sie keine Zeit hat, über ihr Leben nachzudenken. Ich weiß, dass sie sehr gefordert ist, nicht nur durch uns Kinder, durch den Haushalt, die Freizeitbeschäftigungen, Verabredungen, Einkäufe, sondern auch durch ihre zwei Jobs. Aber ich muss ihr heute trotzdem erklären, dass die Schule gerade nicht die höchste Priorität in meinem Leben besitzt und dass ich endlich erwachsen sein möchte.

Nein, das mit dem Erwachsensein verschweige ich.

Als sie mich fragt, was mit meiner Lernbereitschaft passiert ist, was mit mir los sei, warum ich mich nicht konzentriere und meine Fähigkeit nicht so einsetze, wie ich sollte, da breche ich in Tränen aus. Und ich erzähle ihr, dass mein Sitznachbar mir mit einem Druckbleistift in den Oberschenkel gestochen hat, einfach so.

Ich wusste, dass die Geschichte meine Mama verletzen würde, sie hat ein sehr großes Herz und ich wollte sie gerne davor bewahren. Doch ich musste es ihr sagen, falls jemand anruft, um ihr zu erzählen, dass ich nicht so bin, wie sie es gerne wünscht. Dann wäre ich ihr eine Erklärung schuldig.

Wie ich es befürchtet habe, hat es meine Mutter sehr getroffen, sie ist entsetzt.

Sie fragt, aus welchem Grund jemand so etwas tut. Sie möchte genaue Angaben, den Namen des Mitschülers und wie ich darauf reagiert habe.

Das gibt mir heute, anders als erwartet, das Gefühl von Sicherheit. Meine Mama ist für mich da, sie hat Verständnis, auch dafür, dass ich mich gewehrt habe. Sie verspricht mir, sich darum zu kümmern.

Mir öffnet es die Augen. Ich kann es deutlich sehen: Meine Mama wird mich immer lieben. Ich weiß nicht, ob ich mich lieben kann und ob ich es wert bin, geliebt zu werden, weil ich ja nicht perfekt bin, aber meiner Mama bin ich wichtig, auch wenn ich den Grund dafür im Augenblick nicht kenne.

Ich kann nicht noch mal nachfragen, ob sie mich wirklich verstanden hat, weil ich Angst habe. Angst davor, falsch zu sein. Ich hoffe, sie hat mich wahrgenommen und mir zugehört. Ich hoffe, sie hat verstanden, warum ich mich gewehrt habe und jemandem wehgetan habe. Sie weiß, dass ich nicht perfekt bin. Aber sie versicherte mir, dass sie sich darum kümmern wird.

Es war der letzte Tag für mich neben diesem Jungen, der danach dazu verdonnert war, allein auf einer Schulbank zu sitzen, bis er auf eine andere Schule kam.

RESPEKT

Ein großes Thema in meiner Familie ist »Respekt«.

Wenn mein Vater nach Hause kommt, verlangt er Respekt.

Unter »Respekt« versteht er, dass wir auf sein Wort hören. Keine Widerreden, nichts in Frage stellen und auf jeden Fall alles für richtig halten, was er sagt und tut. Wir sollen auch alles, was unsere Verwandten sagen und tun, für richtig erachten, ihre Meinung respektieren und akzeptieren.

Aber was ist mit mir?

Was ist mit meiner Meinung?

Als ich der alten Dame im Bus meinen Platz anbot, damit sie sich setzen kann, war das nicht auch ein Zeichen von Respekt?

Meine Schwester hatte einmal einen Fehler gemacht und war extrem wütend auf sich selbst. Da musste ich an mich denken. Wie oft bin ich auf mich wütend, weil ich nicht gut genug bin, weil ich nicht fehlerfrei bin! Habe ich mir gegenüber denn gar keinen Respekt?

Vielleicht kann ich einfach nicht besser sein, als ich bin?

In unserer Schule fand neulich ein Projekt statt, in dem es um Markenkleidung ging. Ein Lehrer stellte uns in Gruppen auf und wir passierten verschiedene Stationen. Uns wurde erklärt, dass wir uns nicht von der Mode unterdrücken lassen sollen. Es sei vor allem wichtig, dass wir uns in unserer Kleidung wohlfühlen. Der unnötige Konsum von Markenklamotten beruhe auf der Angst, von den anderen ausgeschlossen zu werden. Wir sollten uns über die Kleidung freuen, die wir haben. Nicht jeder hätte die Möglichkeit, sich Markenkleidung zu kaufen und teure Sachen zu tragen.

Vielleicht ist da auch einfach ein anderer Geschmack, der gelebt werden möchte, der gesehen werden möchte. Jeder Mensch verdient Respekt, auch der, der mit seiner Kleidung aus der Masse herausstechen möchte. Vielleicht möchte er sich gar in eine Verkleidung hüllen, die er für angenehm hält? Manche finden es schön, einen Stoff zu tragen, der sich bequem anfühlt, auch wenn es nicht gut aussehen mag. Die Angst, etwas anzuhaben, was anderen nicht gefällt, ist bei Kindern groß.

An einer der Stationen äußerte ich meine eigene Meinung. Ich sprach über Mitschüler, die ausgegrenzt und verspottet werden, weil sie Rock, Kopftuch und einen bunten Pulli tragen. Sie werden bewertet und verurteilt aufgrund ihrer Kleidung.

Ich wurde gelobt für meine sensationelle menschliche Haltung gegenüber Schülern, die nicht immer selbst entscheiden können, was sie tragen. Und weil ich meine Meinung äußerte, wurde ich ausgezeichnet! Mir könnte in diesem Fall nichts mehr beigebracht werden, hieß es.

Das war für mich ein Erfolgserlebnis.

Ich kannte es einfach viel zu gut, wie es ist, ausgeschlossen zu sein, nicht gut genug zu sein, ganz unabhängig von der Kleidung.

Es erfüllte mich mit Zufriedenheit, zu wissen, dass ich in diesem Projekt richtig war.

Oft ärgere ich mich, wenn ich sehe, dass Menschen ausgegrenzt werden, weil sie behindert sind, im Rollstuhl sitzen oder nicht alles so gut können wie andere. Sie sollten trotzdem geliebt werden. Rücksicht auf diese Menschen zu nehmen, sie anzunehmen, wie sie sind – ist das nicht auch Respekt?

Zusätzlich frage ich mich: Ist es nicht auch ein Zeichen von Respekt, wenn Menschen für ihr Äußeres nicht kritisiert, nicht verspottet werden? Ob dick, ob dünn, ob lang, ob groß?

Wieso wird es bei uns in der Familie nicht als Respekt gewertet, so sein zu dürfen, wie man ist? Ich höre oft: »Du bist so dünn, deine Haare sind zu lang, deine Haare liegen falsch, deine Schuhe sind hässlich, deine Kleidung unerträglich.«

Manchmal habe ich das Gefühl, dass Respekt mir angeboren ist. Respekt ist für mich selbstverständlich. Aber ich stelle fest, dass ich immer wieder die Wahlmöglichkeit habe, zu entscheiden, wie ich handle, welchem Gedanken ich Raum gebe in meinem Kopf. Es ist eine Entscheidung, respektvoll zu sein oder eben nicht.

Wir sollten auch die Natur respektvoll behandeln. Wie wichtig ist es, mit Tieren respektvoll umzugehen. Aber es geschieht oft das Gegenteil und sie werden lediglich als Nutzvieh angesehen. Tiere sind ein Teil der Schöpfung.

Wenn meine Mitschüler nicht lernen wollen und mich ab-
lenken, dann bin ich derjenige, der Ärger bekommt. Warum? Weil die Lehrer mich nicht respektieren. Genauso
habe ich den Respekt gegenüber den Lehrern verloren.
Wie in einem Kreislauf.

Ich fasse zusammen:

Ich lasse ältere Menschen im öffentlichen Verkehr vor
und gebe ihnen meinen Platz.

Ich grüße freundlich, so oft ich kann, um wahrgenommen zu werden.

Ich nehme alle Schüler und Schülerinnen so an, wie sie
sind.

Ich schreie Menschen nicht an, wenn sie Fehler machen.

Ich schließe niemanden aus, der einen außergewöhn-
lichen Kleidungsstil hat.

Ich bin respektvoll gegenüber der Natur und den Tieren.

Ich lache nicht über andere, spotte nicht und hasse Scha-
denfreude.

Ich tröste Menschen, wenn es ihnen schlecht geht.

Ich widerspreche Erwachsenen nicht.

Obwohl mich Dummheit und Langeweile im Unterricht
aufregen und ich währenddessen nicht einmal zeichnen
darf, verhalte ich mich ruhig.

Es gibt noch viele, viele Regeln, die ich verstehe und ein-
halte. Aber niemals werde ich dafür gelobt, respektvoll
behandelt, angenommen, geschweige denn gesehen, noch
gefragt, noch wahrgenommen.

Jeder weiß, dass ich respektvoll bin, so kennt man mich.
Doch wehe, ich äußere mal meine Meinung gegenüber Erwachsenen, dann heißt es gleich: »Du bist frech!« Diese
Worte vervollständigen die Liste, die ich nicht mehr hören
möchte.

GESCHLAGEN

Der Tag, an dem ich nicht mehr leben wollte, war schon lange angebrochen. Es war so weit. Alle Sicherungen brannten durch, alles kam hoch. Alles, was ich je erlebt hatte, alles, was ich je gefühlt hatte.

Die Worte hatten gefruchtet. Sie hatten sich in mir abgesetzt. Dass ich zu nichts nutze sei, dass ich ein Idiot sei, ein Volltrottel.

Ich selbst empfand meine Existenz als überflüssig und die der anderen noch mehr, da ich sah, wie verletzend und menschenverachtend mein Umfeld sich benahm.

Ich lag im Bett und wollte nicht mehr aufstehen. Es war so weit. Ich hatte Gott jeden Tag darum gebeten, mich von dieser Erde zu nehmen, aber wieder und wieder brach ein neuer Tag an und ich musste leben. Wieder und wieder, eine neue Woche, ein neuer Monat. Und jeden Tag lebte ich weiter. Ich betete, und meine Gebete wurden nicht erhört. Ich wollte nicht mehr, ich wollte aufgeben, auch wenn ich gehört hatte, dass es feige wäre, einfach aus dem Leben zu flüchten.

Manchmal malte ich mir aus, wie es wäre, auf einer Brücke zu stehen und mich einfach fallen zu lassen. Doch schon früh hatte ich von meiner gläubigen Oma gelernt, dass Selbstmord ein direkter Weg in die Hölle sei. Ich wollte aber in den Himmel, zu Gott. Ich war nicht böse! Ich machte nur nicht alles richtig, nicht so, wie es andere haben wollten. Ich war nicht der Sohn, den mein Vater sich wünschte und den er lieben konnte. Wer weiß, warum.

Zusätzlich hatte ich gehört, dass es egoistisch sei, sich vor einen fahrenden Zug zu werfen. Man würde den Mitmenschen viel Leid antun, das sie dann verarbeiten müssen. Nicht nur, dass Züge stundenlang stehen blieben, der Zugfahrer wäre traumatisiert, der Rettungsdienst überlastet ...

Von Freunden hörte ich, dass Selbstmord Feigheit sei. Feigheit vor dem Leben. Man entziehe sich der Aufgabe, aus dem Leben irgendetwas zu machen.

Aber meine Kräfte waren einfach dahin und ich wollte nicht mehr. Ich wollte mich nicht mehr anstrengen, keine schlechten Worte mehr über mich hören. Niemand wusste, wie ich mich fühlte, und ich kämpfte mit dem Gedanken, mich vielleicht jemandem zu öffnen.

Als ich an einem dieser schweren Tagen grob angesprochen wurde, fühlte es sich so an, als würde man mich schlagen. Ich konnte zu Hause nicht helfen, weil ich Magenschmerzen hatte vor Unfrieden und Unruhe im Inneren. Ich wusste nicht, weshalb keine Rücksicht genommen wurde.

Es fühlte sich so an, als wollte ein Mensch, der seine Wertlosigkeit durch Macht kompensieren muss, seine Autorität erzwingen. Dieser optisch große Mensch spürte meine Machtlosigkeit und zugleich den Verlust meiner Ergebenheit.

Mein Kopf, der mich immer denken ließ, sagte: »Meinen toten Körper könnt ihr haben, meinen geschlagenen Körper könnt ihr haben, aber nicht meinen Geist, nicht mein Denken, nicht meinen Gehorsam!« Es war mir egal, was sie mit mir machen. Ich wollte nicht mehr.

An diesem Tag erlebte ich eine Demütigung. Ich weiß nicht mal, warum, aber ich bekam eine geklatscht.

Ich fragte alle Anwesenden, die es gesehen hatten, warum Kinder geschlagen werden. Die feigen Erwachsenen hatten keine Antwort. Ich bekam keine Antwort auf meine Frage: »Warum werden Kinder geschlagen?« Niemand konnte oder wollte diese Frage beantworten.

Ich ließ nicht locker und fragte weiter, jeden, den ich traf. Ich ging so weit, dass ich fremde Menschen fragte und auch meine Großeltern. Die hatten tatsächlich eine

Antwort. Sie kannten es aus ihrer Kindheit, dass Kinder, wenn sie böse waren, geschlagen wurden.

Ich sagte daraufhin: »Ich bin doch nicht böse!«

Ich wollte gut sein. Ich hatte vielleicht einen Fehler gemacht, etwas falsch gemacht, denn ich war immer noch nicht vollkommen. Aber war ich deshalb »böse« und durfte geschlagen werden?

War ich denn »böse«, wenn ich etwas nicht richtig machte?

MEINE MUTTER SCHREIT

Nicht selten höre ich Geschrei von meiner Mutter. Manchmal weiß ich nicht, wen von uns sie anschreit. Meinen Vater, mich, meine Geschwister, sich selbst?

Ich habe oft Angst, wenn sie schreit. Angst, dass ich etwas falsch gemacht habe, und Angst, dass sie nicht mehr mit uns leben will.

Ich wusste, sollte sie sich irgendwann von meinem Vater trennen, würde ich mit Vater gehen. Er war um einiges größer und körperlich stärker als sie. Ich fühlte mich bei ihm sicherer und wollte mich bewusst unter den Siegreichen und Überlegenen aufhalten. Und Vater, so dachte ich damals, war ein großer Mann.

Ich wollte auch ein großer Mann werden.

Diese Geschichte erzählte ich mir, um mein Mitleid ihm gegenüber zu rechtfertigen. Eigentlich wollte ich, dass sich meine Eltern lieben. Aber käme es zur Trennung, würde ich aus Mitleid mit Papa mitgehen, denn Mama würde zurechtkommen. Sie kennt sich im Leben gut aus. Sie ist pflichtbewusst und denkt klar über das Heute. Sie phantasiert nicht und trauert keinem Mittelalter hinterher. Auf keinen Fall will sie in ein anderes Zeitalter zurück, als Frauen weniger Rechte hatten.

Ja, Papa tat mir sehr leid. Ich fühlte, er braucht dieses Mitleid, und ich war bereit, alles für ihn zu tun.

So zu sein, wie er mich haben will.

So zu denken, wie er möchte, dass ich denke.

Ich war bereit, der Sohn zu sein, den er sich erträumt hatte.

Ich wusste nur nicht, dass es nie reichen würde, egal was ich tat.

Manchmal hatte ich den Impuls, meine Mama beiseite zu nehmen, sie in ein anderes Zimmer zu führen, die Tür zu schließen und sie, ganz unter uns, darauf hinzuweisen, ruhiger zu sprechen. Ich hätte sie gefragt: »Würde es dir gefallen, wenn Papa so mit dir reden würde?«

Irgendwie konnte ich sie verstehen. Es provoziert immens, wenn unlogische oder nervende Worte fallen, wenn vor lauter Ohnmacht geschrien wird. Ich merkte nur, dass es zu nichts führt. Ich traute mich nicht, sie aus der Situation herauszuholen.

Ich kann mich an ein schreckliches Erlebnis erinnern. Es ereignete sich noch vor meiner Schulzeit, als meine Eltern sich gestritten hatten. Ich wusste nicht, wer schuld hatte und warum dieser Streit entstanden war, doch ich wollte endlich verstehen, worum es ging.

Also fragte ich: »Warum streitet ihr?«

Meine Mutter war bei diesem Streit so fassungslos, dass ich die Ohnmacht in ihrem Geschrei fühlen konnte. Sie nahm nicht wahr, dass ich mehr verstand und aufnahm, als sie es sich vorstellen konnte.

Doch dann sagte Vater diese Worte, diese zwei Worte, die in mir zum ersten Mal den Wunsch auslösten, zu sterben.

»Wegen dir!«

Ich konnte es nicht fassen, nicht verstehen. Ich konnte noch nicht googeln um zu lesen, sonst hätte ich nachgeforscht, weshalb ein Kind an einem Streit der Eltern schuld sein könnte. Es ergab für mich keinen logischen Sinn.

Diese Worte hallten Jahre in mir nach, in meinem Wesen.

Manchmal bildeten sich daraus Sätze wie: »Wenn ich nicht existieren würde, hätten meine Eltern keinen Streit. Vielleicht.«

Ich hasste mich dafür, dass ich falsch war. Ich hasste mich dafür, dass ich schuld war. Ich hasste mich dafür, dass ich lebte.

EINE GESCHICHTE

Ein sympathischer Herr erzählte mir einmal eine Geschichte, die mir nicht aus dem Kopf ging. Er wurde als Kind oft geschlagen, was einen enormen Schaden in seinem Leben anrichtete, wie er sagte.

Er berichtete mir von einem Vorfall, der ihn gedemütigt hatte. Allerdings verstand ich den Grund nicht. Hier hätten sich Menschen einmischen müssen und »Stopp!« rufen.

Die Geschichte ist wie folgt: Ein wundervoller zwölfjähriger Junge darf mit seiner Familie einen sonnigen Sonntag genießen. Eine gemeinsame Bootsfahrt ist geplant. Endlich kommen sie am Steg an. Als der Bootsverleiher das Wort »Vorsicht« sagt, spürt der kleine Junge einen heftigen Schlag an seiner Wange. Der Vater ging automatisch davon aus, dass das Wort »Vorsicht« zu seinem Sohn gesagt wurde, weil er nicht vorsichtig gewesen sei. Ein Tag, der die Chance hatte, der schönste im Leben des Jungen zu werden, war der schlimmste überhaupt. Das sah ich in den Augen des sechzigjährigen Herrn, als er mir davon erzählte. Er zeigte Verständnis dafür, dass damals Wut und Traurigkeit in Form von Schlägen ausgedrückt wurden, gegenüber unschuldigen Kindern, die nicht perfekt waren.

Dieser schreckliche, ungerechte Vorfall hatte sich in sein Unterbewusstsein eingeprägt. Das Gefühl der Ablehnung wurde von ihm unbewusst gespeichert und brachte schreckliche Ergebnisse in der Zukunft hervor. Auch er hatte sich als Kind oft den Tod gewünscht.

Ich sah die quälenden Stunden der Vergangenheit wie eine Realität in den Augen des Sechzigjährigen aufblitzen, im Hier und Jetzt. Die Verletzung und die Traurigkeit von früher griffen nach ihm, auch wenn das Ereignis fast fünfzig Jahre her war. Ich wusste sofort: Ich würde eine Lösung brauchen, um meine eigenen Schreckensszenarien zu überleben und um überhaupt eine Zukunft zu haben.

Mir wurde blitzschnell klar, dass es aus Feigheit geschah. Die Erwachsenen haben Angst! Angst, versagt zu haben! Sie fürchten sich davor, dass ihre Kinder sich unberechenbar verhalten könnten, dass die Familie, für die sie Verantwortung tragen, ihrer Kontrolle entgleiten könnte. Womöglich wurden sie in ihrer Kindheit selbst geschlagen, weil plötzlich etwas nicht so lief, wie es sich die Erwachsenen vorgestellt hatten.

Wenn etwas geschieht, mit dem wir nicht gerechnet haben, worüber wir keine Macht besitzen, sind Beherrschung und klarer Verstand gefordert. Bewusstheit ist nötig, um Reiz und Reaktion zu kontrollieren. Doch viele verfallen dann in Machtlosigkeit, weil sie keine mentale Übung haben. Und wenn nichts mehr hilft, greifen sie auf ein falsches Handlungsmuster zurück, auf Gewalt.

»Kinder, die nichts dürfen, werden zu Erwachsenen, die

nichts können.« Dieser Satz leuchtete mir ein. Wenn Eltern ihre Kinder daran hindern, sich zu entfalten, machen sie sie abhängig und fragen sich dann, warum sie nicht selbstständig sind. Wenn Kinder nicht ermutigt werden, Gefühle auszudrücken, wie Freude, Schmerz und Trauer, entwickeln sie sich zu emotionslosen Erwachsenen. Oder nicht?

Jedes Kind braucht Freiraum, um sich entwickeln zu können, um zu lernen, um sich auszuprobieren. Es muss seine Fähigkeiten und Talente entfalten dürfen, seine eigenen, nicht die, die gewünscht oder erwartet oder – noch schlimmer – verlangt werden.

Und selbst wenn ein Kind mal nicht vorsichtig ist, beim Einsteigen in ein Boot, warum sollte man ihm das Abenteuer, den Spaß und die Freude verderben?

Der Vater hatte Angst um sein Kind, das habe ich verstanden. Angst, dass der Kleine ins Wasser fällt, dass er sich verletzen könnte. Doch warum drückte er diese Angst in Schlägen aus?

Er hatte nicht gelernt, Liebe zu zeigen, nicht gesehen, wie ein liebevolles Miteinander geht und gelebt wird. Stattdessen griff er auf ein Verhaltensmuster zurück, das er eventuell aus seiner Kindheit kannte. Womöglich wurde er selbst geschlagen, wenn er etwas Riskantes tat, wenn er etwas fallen ließ, beispielsweise ein Glas, an dem er sich verletzen konnte?

Ich begriff in diesem Augenblick, dass ich meine Eltern nicht dafür verantwortlich machen kann, wenn sie unbewusst handeln, aus ihrer Erinnerung heraus, aus ihrer Verletzung heraus. Und nun galt es, Vergebung zu lernen. Vergebung zu üben, zu lehren.

Kinder sind von Anfang an weder Besitz noch Eigentum, sie sind eigenständige Wesen, die Begleitung, Führung und beispielhaftes Verhalten brauchen.

Wenn Erfahrungen Bewusstheit schenken, dann helfen uns diese Erfahrungen zum Wachstum. Wir müssen darüber sprechen. Wir sollten mutig sein und sagen: »Ich liebe dich, hilf mir, es dir zu zeigen, in der Sprache, die du hören willst, die du verstehst, und nicht in der, die ich kenne und die mir selbst so wehgetan hat.«

Liebe ist doch kein Schmerz, außer, das Unterbewusstsein hat beides in Kombination abgespeichert.

Es gilt für mich, das Vergangene hinter mir zu lassen, weil ich es nicht ändern kann. Die Vergangenheit muss für mich uninteressant werden, damit ich meine Zukunft steuern kann. Ich darf nicht weiterhin im Elend der Vergangenheit leben, auf Basis meiner Erinnerungen.

Gift

Meine Grenze war trotzdem erreicht. Ich fühlte nur noch Wut und Hass. Ich wollte das Leid, das ich selbst fühlte, auch anderen zufügen. In dem Moment, hasste ich mich und alle Menschen, die mir begegneten.

Ich kenne den Spruch: Hass ist wie Gift trinken und hoffen, dass ein anderer daran stirbt.

Doch ich wollte einfach nicht mehr da sein.

Ich wollte nicht mehr leben und mir war es egal, welches Gift mich umbringt.

Ich wollte nicht mehr all den törichten, selbstsüchtigen, egoistischen, ungerechten Menschen ausgesetzt sein, die ich immer und überall sehen musste. Ihre Existenz hatte mich mitgerissen, hatte mich dazu gebracht, Hass zu fühlen, weil ich erkannte, wie viel Leid sie anderen zufügen. Das tun sie ohne Mitgefühl. Wie viel Egoismus und selbstsüchtige Wünsche in ihnen leben! Sie drehen sich nur um ihr eigenes Ego. Nie fragen sie: »Wie geht es dir, was wünschst du? Was kann ich tun, damit wir uns gut verstehen?«

Ich fühlte mich vergiftet, ich konnte nicht mehr. Ich wollte nur noch weg sein.

Ich wollte nicht mehr aufstehen. Ich wollte nicht zur Schule gehen. Ich wollte niemanden sehen, ich wollte niemanden sprechen und blieb den ganzen Tag im Bett, von morgens bis abends.

Nach 24 Stunden ohne Essen, Trinken und Schlaf fragte ich am Morgen meine Mutter, ob sie mir irgendwie helfen könne. Zum ersten Mal spürte ich einen Funken der Liebe. Liebe, die schon immer existierte. Ich spürte die Liebe in ihr, meiner Mutter, und die Liebe meiner Vorfahren, meiner Ahnen, die aus ihren Augen auf mich blickten, die zu ihrer Genetik und ihrer Existenz beigetragen hatten. Ich fühlte Respekt vor ihnen, Respekt vor dieser Liebe und vor ihrem Wunsch, dass ich mein Leben als wertvoll ansehe.

Ich war mir sicher, ich würde es nicht allein schaffen. Ich brauchte Gott, etwas Übernatürliches, ein Wunder oder Menschen, die mir helfen konnten. Ich wusste nur nicht, wo ich diese Hilfe bekomme und wann.

Ich war von meinen Vorstellungen enttäuscht. Es war das Ende dieser Täuschung, weil mir klar wurde, dass ich Vollkommenheit erwartet hatte und alle Menschen unvollkommen sind. Ich – ein Kind – wollte jemand sein, den ich als vollkommen betrachtet hatte. Und ich erkannte, dass ich so niemals sein würde.

Ich war überfordert mit allem, und diese Überforderung machte sich in mir breit.

Ich wusste nicht mehr, wie ich den Tag meistern sollte.

Es quälte mich, die Dummheit um mich herum sehen zu müssen. Unwichtige Dinge, unorganisiertes Verhalten, unlogisches Reden und Handeln, das alles führte sich fort in meinen Gedanken.

Die Überforderung machte sich bemerkbar in meiner Angst. Es ist nachvollziehbar, dass der tiefe Schmerz, den ich erfahren hatte, in mir die Angst erzeugte, überhaupt etwas zu fühlen.

Eines war mir klar: Wenn ich so weitermache, werde ich zu einem emotionslosen, freudlosen Menschen, der sich immer wünschen wird, tot zu sein. Ich könnte eine Last werden, ich könnte Menschenleben zerstören und eben zu nichts nutze sein. Und dann wollte ich lieber tot sein als eine Last oder ein Nichtsnutz.

Dieser Prozess erstreckte sich über einige Wochen. Ich stellte mir immer wieder folgende Fragen: Wer will ich sein, wie will ich sein? Was kann ich tun? Wie komme ich raus aus dem Kreislauf meiner Gedanken, um sie bewusst zu steuern?

Ich hatte verstanden, dass ich das Leben auf diese Weise nicht überstehen werde und so auch nicht leben will.

Ich musste nach Möglichkeiten suchen, um diese Schwierigkeiten in meinem Kopf zu lösen.

Kapitel 3: Heilung

Zurück zum Ausgangspunkt

Endlich hatte ich Menschen gefunden, denen ich vertrauen konnte. Einige waren schon immer in meinem Leben. Ein guter Freund unserer Familie, der für jeden eine herzliche Umarmung hat und unterstützende Worte. Ein Lehrer, der ruhig sprach und ehrliches Interesse mir entgegenbrachte und für mich bereit war da zu sein. Das hätte ich schon früher bemerkt, wenn ich mich getraut hätte, zu sprechen, wenn ich mich getraut hätte, mich zu öffnen. Ich merkte, dass die Suche nach einer Lösung, mir Lösungen schickte.

Ich hatte es mir niemals vorgestellt, es mir wert zu sein mir einen mentalen Personal Trainer, einen Coach zur Seite zu nehmen, der mich ausrichtet. Doch ich traf diesen Menschen der es mir anbot, mich zu begleiten und mich schneller dahin zu katapultieren, wo ich gerne wäre, zumindest dahin wo der Coach selbst war. Erfolgreich, aber noch wichtiger Zielorientiert mit Spaß und Freude am Leben, in einer wahnsinnigen Kraft und Energie, weil er im Selbstausdruck lebte. Es war unglaublich wertvoll und angenehm in seiner Nähe zu sein, Ihn sprechen zu hören und diese Alustrahlkraft zu fühlen. Er war definitiv eine Nasenspitze voraus und erklärte mir, dass ich mit ihm an meiner Seite eine Abkürzung gehen würde. Außerdem er mir nachweislich helfen wird. Ich hatte nichts mehr zu verlieren, deshalb wagte ich dieses Angebot anzunehmen.

Denn das Angebot war unwiderstehlich, die Worte waren: »Erschaffe dir ein Leben vor dem Du nicht fliehen musst!«

Ja das wollte ich, unbedingt. Ich wusste sonst nicht wie es weitergehen sollte, denn ich war bereits ein Jugendlicher junger Mann, definitiv. Und wenn man nichts zu verlieren hat, kann man nur noch gewinnen.

Ich wagte diesen Schritt. Ich wagte offen zu sein und mich darauf einzulassen. Zu schauen ob auch ich Veränderung erlebe. Ob ich auch geeignet bin mehr Wert in das Leben anderer Menschen zu tragen und vor allem meine eigenen Themen zu klären. Angenehm auch für mein Umfeld zu sein. Ich lernte, dass meine Eltern dafür da sind, um dafür zu sorgen, dass ich überlebe und dass ist Ihnen gelungen. Ich hatte zu Essen und habe es wohl überlebt. Doch sobald ich bewusst denken kann, sollte ich für mein Leben die Verantwortung selbst übernehmen. Ich könnte mitentscheiden, welche Gedanken mich steuern werden.

Ich könnte die Dinge so annehmen, wie sie nun mal sind. Schlimmst mögliche Folgen mir kurz vor Augen halten, welche es sein könnten? Wenn diese akzeptiert sind, bräuchte ich keine Energie mehr darauf verwenden und könnte mich darauf konzentrieren, das bestmögliche zu machen. Das bestmögliche aus meinem Leben, zu retten, was noch zu retten ist, wie Beziehungen um die ich mich nicht mehr gekümmert habe. Um jeglichen Schaden der entstehen könnte, so weit wie möglich zu verringern, alles zu tun, was ich konnte auch wenn es für einige aus meinem Umfeld nicht viel war, auch etwas zu tun um einen erfolgreichen Schulabschluss zu bekommen. Und mir genaue Ziele aufzuschreiben. Und ich fragte mich selbst, warum ich nicht früher darauf gekommen bin? Ach , ja, stimmt! Ging ja nicht, denn anstatt auf Lösungen zu schauen machte ich mir ja Sorgen.

Ich wagte mich heran an meinen Schmerz, an viele dieser schmerzhaften Situationen, ich schaute mir einiges aus meinem Leben noch mal an und wusste, dass ich diese Schmerzen loslassen musste. Denn es prägte mich, ich wollte mich nicht länger damit identifizieren.

Und es sollte mir gelingen.

Ich war bereit zu lernen und umzusetzen, was ich nur umsetzen konnte und sollte.

Ich lernte, meine eigene Denkweise zu hinterfragen. Ich begriff, dass es meine freie Entscheidung ist, welche Gedanken ich habe.

Ich schaute mir meine Innenwelt an, meine Core ID, die ich abgespeichert hatte.

Ich fragte mich also: Was brauche ich?

Es ist hilfreich, das zu erkennen und zu verstehen. Auch zu verstehen, wenn ich mich in einem Zustand von »Ich brauche« befinde, ich nicht frei bin.

Bin ich von der Liebe anderer abhängig oder frei? Von der Ankerkennung und Bedeutung, die ich so gebraucht habe, oder konnte ich mich selbst anerkennen?

Was braucht der kleine Junge in mir heute? In jedem von uns ist ein kleiner Junge, ein kleines Mädchen, was zickig werden kann oder eben hungrig, hungrig um irgendwo dazuzugehören. Gesehen zu werden. Anerkennung sind wie Lichtstrahlen in das Herz, was emotionale Bedürfnisse hat. Jedes Kind , jeder Mensch hat diese Emotionale Bedürfnisse und wenn die nicht erfüllt werden, kann der Körper sterben. Auch wenn er Nahrung, Wasser und Luft hat.

Und es sollte weiter mit Fragen gehen, mit denen ich mich beschäftigen sollte. Z.B:Was kann ich tun, um mich besser zu fühlen?

Will ich perfekt sein oder einfach glücklich?

Je mehr ich mir über meinen Ist-Zustand bewusst wurde, desto klarer sah ich, dass nach dem bewussten Verstehen das Loslassen folgt.

Ich musste all das loslassen, was mich daran hinderte, mein Leben leichter zu leben. All das, was mir nicht gut tat. Erwartungen loslassen, die ich gegenüber anderen hatte und die andere mir gegenüber hatten. Die Worte loslassen, die in mein großes Herz gefallen sind, jedoch nicht zu mir gehörten.

Unzählige Probleme, Ängste, Sorgen und Zweifel bevölkerten meinen Geist und bestimmten meine Gedanken, auch mein Denken über mich selbst. Ich war ein Sklave meiner Gedanken und sie kreisten Tag und Nacht. Aber ich entschloss mich dazu, mich nicht mehr den Gedanken hinzugeben, die mich krank machten, weil sie mir suggerierten, dass ich nichts an meiner Lage ändern könnte.

Ich hörte in meinem Herzen eine Stimme: »Alles ist veränderbar!«

Nun galt es, mich auf die Chancen der Veränderung zu konzentrieren und diese Möglichkeiten bewusst zu suchen. Es wurde spannend!

Zuerst musste ich meine negativen Gedanken durch bewusst gewählte, positive Gedanken ersetzen. Deshalb führte ich jeden Tag eine Dankbarkeitsliste, und zwar schriftlich. Das half mir, mich auf Dinge zu konzentrieren, die mir tagsüber gut gelangen, und sei es auch nur Zähneputzen oder mich anzuziehen. Ich konnte auf Anhieb so viel aufzählen, dass ein DIN-A4-Zettel dafür nicht ausreichte.

Allmählich begann ich, mich etwas wertvoller zu fühlen. Nicht mehr so, als wäre ich ein Totalausfall.

Mein Coach erklärte mir, dass im Genervt-Sein eine gigantische Spannung steckt. Dieser Spannung entgegenzuwirken fordert unheimlich viel Energie. Sie führt dazu, dass wir nicht in unserer eigenen Kraft sind. Wenn sich destruktive Gedanken in Gefühlen entladen, entsteht unheimlich viel Stress im Körper, der unserem Immunsystem schadet. Wir benötigen eine Menge Energie, um diesen Stress auszugleichen. Dauerstress führt eben zu einer Diagnose.

Doch wie schaffte ich es, meine negativen Erlebnisse loszulassen? Ich lernte, mich bei den Gefühlen von Schwere und Leid zu bedanken. Meinen negativen Erfahrungen dankte ich dafür, dass ich sie kennenlernen durfte. Aber ich musste sie schleunigst loslassen und positiv denken, um nicht todkrank zu werden.

Ich entschied mich dazu, ohne diese Erfahrungen weiterzugehen. Ich wusste, dass ich ohne den Schmerz der Erinnerung weiterziehen musste, wenn ich denn leben wollte.

Früher wollte ich immer allen gefallen, denn ich hatte Angst vor Ablehnung. Und ich lebte in der Erwartung, von allen geliebt zu werden. Diese Angst und diese Erwartung wollte ich ablegen, für immer. Denn ich begriff: Wenn ich allen gefalle, gefalle ich mir selbst nicht mehr.

Ich wollte den Mut haben, ich selbst zu sein.

ICH LERNE VOM BABY

Eines Tages wollte ich mich mit der Vorstellung verbinden, ein Baby zu sein. Das war spannend! Ich stellte sofort fest, dass mein Überlebensinstinkt mir gebot, mich an meine Umgebung anzupassen, trotz meiner Individualität.

Babys versuchen fortwährend, eine emotionale und empathische Verbindung zu ihrem Umfeld herzustellen. Wenn ein Baby angelächelt wird und in glückliche Gesichter sieht, erhält es Zustimmung und spürt ein Gefühl der Annahme.

Babys analysieren die ganze Zeit ihr Umfeld, von dem ihr Überleben abhängt. Sie reagieren auf das Verhalten der Menschen um sie herum. Wenn ein Baby lacht und sieht, dass andere auch lachen, lacht es noch mehr, um noch mehr Zustimmung zu bekommen.

Ein kleines Kind weiß, was es braucht, damit es geliebt wird, damit es beschützt wird, damit es versorgt wird, damit es Schutz und Nahrung erhält und überleben kann.

Die ganze Zeit habe ich versucht, mich anzupassen, damit ich Zustimmung bekomme, ob in der Schule oder zu Hause. Aber nun wollte ich erwachsen sein. Ich wollte nicht nur überleben. Ich wollte leben und glücklich sein.

Jeden Abend überlegte ich, ob das, was ich von mir gebe, ob das, was ich lebe, mir gefällt. Ich hatte Angst, dass ich aus dem Drama in meinem Leben nicht herauskommen würde. Aber ich wollte es trotzdem versuchen, mich zu erinnern, wie ich als Baby war. Ich stellte mir vor, dass ich einst die Wahl gehabt hätte, dieses Abenteuer zu wählen, in dem ich jetzt lebe. Meine bisherigen Erfahrungen betrachtete ich als eine Art Vorbereitung auf eine Prüfung, auf all die Prüfungen, die mir das Leben noch bieten würde.

Ich versuchte, mich an die Liebe zu erinnern, die in mir war. Es ist eine schöne Vorstellung, dass mein Leben etwas Gutes in sich trägt. Ein Geschenk, welches mich wachsen lässt. Jede Herausforderung habe ich erlebt, um zu lernen, wie ich Liebe spüren kann.

Es gab einen Teil in mir, der wütend auf meine Eltern war und sich gewünscht hätte, ohne all diese Verletzungen aufzuwachsen. Ich spürte inneren Widerstand, weil ich so enttäuscht von ihnen war. Aber um geheilt zu werden, brauchte ich endlich Frieden. Ich musste mit meiner Erfahrung Frieden schließen.

Zufällig glitt mir ein Buch in die Hand, in dem ich genau die Zeilen lesen konnte, die ich benötigte. Sie halfen mir, mich an diese Liebe zu erinnern, die ich bestimmt einmal gefühlt habe, die Liebe zum Leben.

»Stell dir vor, wie du [...] jetzt, vollkommen präsent, bei deiner eigenen Geburt dabei bist. Sieh, wie du geboren wirst. Höre, wie du deinen ersten Atemzug nimmst. Hier beginnt deine Lebensreise.

Und jetzt stell dir vor, wie du dich selbst in den Arm nimmst und anblickst. In diesem Moment öffnet das kleine wunderschöne Baby in deinem Arm die Augen und sieht dich an. Du siehst tief in die Seele von dir selbst. Du siehst plötzlich ganz klar, wer du wirklich bist. Du erkennst, dass du reiner Ausdruck von Liebe bist. Alles an dir und in dir ist Liebe. Du siehst dich selbst als dieses vollkommene kleine neugeborene Wesen und weißt, dass alles an dir perfekt ist. Es gibt nichts, was dir fehlt. Du bist nicht nur genug, du bist vollkommen!

Was wünschst du diesem kleinen Baby in deinem Arm? Welches Leben möchtest du, dass das Baby haben wird? Kannst du dir vorstellen, dass die Frau, die dieses Baby eines Tages sein wird, ihr Leben nicht wirklich lebt und den Glauben an sich verliert? Oder siehst du in den Augen des Babys die Klarheit über die Kraft deiner eigenen Liebe fürs Leben? Was ist der größte Wunsch, den du für das Baby hast? Verbinde dich ganz bewusst und tief mit deiner Wahrheit. Mit der Wahrheit über die Wahl, die du seit dem Moment deiner Geburt hast, darüber, wer du in deinem Leben sein möchtest. [...] Vielleicht kannst du bereits spüren, wie alles, was in deinem Leben noch vor dir liegt, einen Sinn ergibt. Spüre, dass dieses Leben Herausforderungen für dich bereithalten wird – aber nicht, weil es gegen dich ist oder weil du nicht genug bist, sondern gerade, weil du genug bist. Weil du stark genug bist. Weil du weise genug bist. Weil du genug Liebe in dir trägst. [...] Es gibt rein gar nichts, was dir und einem erfüllten Leben im Weg steht [...]. Die Liebe war nie aus dem Leben verschwunden, sie war immer da. Heilung bedeutet, der Liebe wieder die Türe zu öffnen und sie in dein Leben zurückkehren zu lassen ...«

Auszug aus dem Buch: *Zurück zu mir. Eine heilende Begegnung*, von Laura Malina Seiler (2021).

Plötzlich fühlte ich keine Angst mehr. Die Angst würde dieses positive Gefühl von der Zukunft trennen. Sie würde den Schmerz in die Zukunft projizieren. Die Zukunft ist in dem Moment noch gar nicht existent, aber ich spüre Vorfreude und Neugierde auf all das, was vor mir liegt.

Wir lernen, uns an die Liebe zu erinnern, indem wir ihr Gegenteil erfahren. Deswegen sind Menschen in unserem Leben, die uns etwas lehren. Sie tragen zu unserer Ausbildung bei, die wir machen, um das zu werden, was wir sein können. Menschen, die uns verletzen, ermöglichen uns Erfahrungen.

Ich bezog diese Gedanken auf mich und sagte mir: Menschen, die mich verletzt haben, sind in Wahrheit Lehrer, damit ich Heilung erfahren kann, damit ich Mitgefühl und Vergebung erleben kann.

PRÜFUNG

Meine Prüfung besteht darin, mich an die Liebe zu erinnern. An die Liebe, an Frieden und Harmonie.

Alles, was mit dieser Wahrheit nicht im Einklang steht, werde ich immer als einen Konflikt wahrnehmen.

Der Schlüssel, den ich noch nicht sehen konnte für meine Herzenstür, der sollte Vergebung sein.

Aus tiefstem Herzen zu vergeben, bedeutet, Frieden zu schließen mit dem, was war, um das zu empfangen, was mich erwartet.

Vergebung ist Befreiung, die heilende Kraft für mein Herz.

Damit ich wieder im Leben mitspielen konnte, mit meiner Schachfigur, musste ich vergeben.

Ich hatte es verstanden. Nur, wenn ich das Vergangene loslassen kann, wird kommen, was für mich bestimmt ist.

Bei der Vergebung geht es nicht um eine andere Person, sondern um mich selbst. Es geht darum, dass ich glücklich werde, was aber nicht mit Vorwürfen im Gepäck gelingt. Solange ich nicht vergebe, bin ich selbst derjenige, der verliert. Vollkommen egal, was mit der anderen Person passiert.

Das Leben selbst ist ein Geschenk. Und kein Mensch kann erwarten, dass andere so sind, wie er es sich wünscht. Jeder Mensch lebt so, wie er es für richtig hält, und ich durfte lernen, dass jeder Mensch zu jeder Zeit das Beste gibt, was er geben kann. Und wenn in einem Menschen nichts außer Verletzung ist, brauche ich mich nicht zu wundern, dass er nach außen Verletzung lebt. Was ein Mensch in sich trägt, das gibt er weiter.

Ich habe mir vorgenommen, Gutes in mich hineinzulassen. Liebe zu leben.

GEDANKEN STEUERN

Ich durfte lernen, dass negative Gedanken wiederum negative Gefühle aktivieren. Beides zusammen bringt negative Ziele hervor. Tragen wir aber positive Gedanken und Gefühle in uns, dann erreichen wir positive Ziele.

Nur ein Gefühl steht zwischen dir und dem Glück, zwischen dir und dem Leben deiner Träume.

Ich wusste, dass ich mich von der Angst befreien muss. Zunächst musste ich meine negativen Gedanken und Urteile über mich selbst aufspüren, auch wenn sie verschiedene Quellen haben. Ich musste lernen, im Hier und Jetzt zufrieden zu sein und Glück zu entwickeln. Meine konstruktiven Gefühle wirken wie ein Magnet, sie ziehen Zufriedenheit und Glück an. Leichtigkeit kehrt mehr und mehr ins Leben ein.

Ein Mensch ist und wird so, wie er selbst von sich denkt.

Ich musste lernen, meine Gedanken bewusst zu steuern und allen Problemen, Ängsten, Sorgen und Zweifeln das Steuer wegzunehmen. Da ich festgestellt hatte, ein Opfer meiner negativen Gedanken zu sein, wollte ich über mich hinauswachsen. Ich wollte nicht zulassen, dass mich etwas krank macht, was ich meine, nicht ändern zu können, obwohl es änderbar ist. Also hielt ich immer und überall nach Chancen für Veränderungen Ausschau.

Ich notierte mir täglich ganz banale Sachen, für die ich dankbar war. Zum Beispiel, dass ich heute ein wunderbares Essen hatte, dass ich am Morgen frisches Wasser hatte, dass ich duschen konnte, dass ich arbeiten konnte.

Heute nutze ich jede Chance, um in meiner persönlichen Entwicklung zu wachsen, selbst wenn ich eine unangenehme Erfahrung mache. Ich versuche, ein schmerzhaftes Erlebnis als Chance zu sehen, um etwas daraus zu lernen. Ich prüfe, welche neuen Möglichkeiten sich dadurch bieten, und bin dankbar dafür, dass mich diese Erfahrung reifer und weiser werden lässt.

Du kannst das gestern nicht ändern, du kannst aber ab sofort deine Zukunft steuern, und zwar in die von dir gewünschte Richtung.

Mein Geheimnis: Ich fokussiere mich auf etwas anderes als auf das, was ich bis jetzt erlebt habe.

Ich halte meinen Körper gerade, ich bin kein Opfer

»Ich kann alles werden, was ich sein will«, sagte ich mir an einem dieser Tage, als ich mich schon besser fühlte. Und ich wusste in diesem Moment genau, dass ich kein Opfer sein wollte!

Ich wollte die Verantwortung für mein Leben übernehmen und wusste, dass ich niemandem mehr die Schuld dafür geben kann, was mir im Leben passierte. Mein Nörgeln, Klagen und Meckern musste ich sofort beenden.

Das Interessante ist, dass unsere Körperhaltung auch unsere Grundstimmung beeinflusst. Sie wirkt auf unsere innere Geisteshaltung ein. Diese wiederum strahlt zurück auf die Körperhaltung.

Negative Gedanken, Gefühle und Erfahrungen beeinträchtigen unser Grundgefühl, das von vielen Faktoren abhängig ist. Sie beeinflussen den Grad unserer Bewusstheit.

Mir war klar, dass ich verinnerlichte Glaubenssätze transformieren musste. Das betraf auch solche Glaubenssätze, die ich ganz tief in meinem Unterbewusstsein abgespeichert hatte. Den Satz »Das bringt eh nichts« musste ich verwandeln in: »Ich bin nutzbringend und wertvoll.«

Auch meinen Wunsch, perfekt zu sein, musste ich transformieren. Ich sagte mir: »Lieber starten und besser werden, als zu warten, bis ich perfekt bin.«

Ich habe gelernt:

Wenn mein Hemd nicht richtig sitzt, wenn ich unpassende Schuhe anhabe oder wenn ich eine Aufgabe falsch verstanden habe, geht die Welt nicht unter. Falls doch, dann passiert es aufgrund von anderen Dingen.

Wenn ich nicht alles perfekt und vollständig erledige, heißt das nicht, dass ich wertlos bin.

Wenn ich etwas vergesse, denke ich nicht mehr, dass ich vollständig versagt habe im Leben.

Wenn mir Leid begegnet, versuche ich, in diesem Leid ein Geschenk zu sehen. Es ist eine Chance, um zu wachsen und nach neuen Möglichkeiten Ausschau zu halten. Dahinter steht eine Aufgabe. Und ich habe die einmalige Chance, diese Aufgabe zu erkennen und zu meistern.

Jeder Mensch muss sich seinem Leid gegenüberstellen und zu dem Bewusstsein gelangen, dass er mit seinem Schicksal auf diesem Planeten einmalig und einzigartig dasteht.

Niemand kann es ihm abnehmen.

Niemand kann an seiner Stelle dieses Leid durchleiden.

Aber wie er selbst dieses Leid und sein Schicksal trägt, darin liegt seine einmalige und einzigartige Leistung.

Die Lösung meiner Probleme und die Möglichkeit meiner Heilung rückten näher, indem ich mich auf Ziele in der Zukunft konzentrierte. Dadurch ließ ich die Vergangenheit kleiner werden und machte das Gute sichtbarer.

Es war mir nicht möglich, die Vergangenheit ungeschehen zu machen. Aber ich konnte sie verblassen lassen, sie abschwächen, sie mit einer Bedeutung für das Positive und Gute ausstatten. Das war machbar.

Glücklicherweise hatte ich Menschen um mich herum, die es zuließen, dass ich sie verletzte. Aber sie ließen nicht zu, dass diese Verletzung Früchte trug. Insgeheim wünschte ich mir nämlich, dass sie mich frei lassen und mir ihre Liebe entziehen. Ich wollte für sie unbedeutend werden, damit sie mich nicht mehr lieben müssen.

Aber sie liebten weiter.

Ich habe verstanden, dass Liebe eine Entscheidung ist. Und dass ich nichts tun konnte, um ihre Entscheidung zu verändern.

Je mehr ich wütete, desto mehr liebten sie mich.

Ich war froh, dass ich wütend sein konnte und niemand sagte: »Das darfst du nicht!« Denn das wusste ich auch selbst.

Ich brauchte etwas Zeit, damit die Wunden – wenn auch nicht alle – heilen konnten. Ich verstand, dass ich vom Leben nicht viel zu erwarten sollte, … sondern viel mehr mich zu fragen was das Leben von mir erwartet. Dass etwas in der Zukunft auf mich wartet.

Einmaligkeit und Einzigartigkeit zeichnen jeden Menschen aus und verleihen jedem Einzelnen einen Sinn – also auch mir. Diese Verantwortung, die jeder Mensch für sein Leben und Weiterleben trägt, lässt ihn so recht in seiner ganzen Größe aufleuchten.

Wenn ein Mensch diese Verantwortung übernimmt und sich bewusst wird, dass er ein Werk vollbringen kann und seinen Mitmenschen Liebe schenken kann, wird er nie im Stande sein, sein Leben wegzuwerfen. Denn er weiß, welches Ziel vor ihm liegt.

Wenn ein Mensch das Warum seines Daseins kennt, wird er fast jedes Wie ertragen.

Thema »Nichtsnutz«

Ich weiß nun endlich genau, was das Wort »Nichtsnutz«
bedeutet.

»Nichtsnutz« ist ein Schimpfwort!

Es bezeichnet eine Person, die keiner ernsthaften, nütz-
lichen Beschäftigung nachgeht oder deren Handlung
nichts nutzt. Sie ist alles andere als wertvoll.

Als man mich damals »Nichtsnutz« nannte, wurde ich
angelogen. Denn das stimmte nicht!

Ich konnte viel zum Glück anderer beitragen und war
nachweislich eine Hilfe, wenn ich mich einbrachte.

Ich habe gelernt, dass ich einen Wert habe, selbst wenn
mein Hemd nicht richtig sitzt. Früher hatte ich gedacht,
dass ich deswegen hässlich und wertlos sei. Heute würde
ich sagen: Das Hemd sitzt einfach nicht richtig.

Ich denke nun meine Wahrheit!

Mir wurde, das Bild immer klarer, dass in diesem kosmi-
schem Universum, die Erde, mit so vielen Menschen und
alles was sie umgibt, Sterne, Mond, der Meere bewegt,die
Milchstraße, die Sonne und all die Planeten, die sich im
Gleichgewicht befinden. Die Gravitation ist nicht einbiß-
chen geringfügig schwächer und auch nicht stärker, um
im Gleichgewicht zu sein. Darum in einer elektromagneti-
schen Kraft im perfekten Verhältnis, damit es Leben überhaupt geben kann. Und ich kein Drama machen sollte,
über das was war oder das was nicht so ist, wie ich es mir
gewünscht habe. Wie klein im Gegensatz dazu ich mich
als Mensch fühle und wirklich unbedeutend um auch
noch Probleme für die Zukunft mir auszumalen, die ich ja
selbst gestalten kann. Nichts, absolut nichts muss bleiben
wie es ist und schon gar nicht wie es war.

Ich erinnerte mich an Zeiten, des 2.Weltkrieges und was
Menschen da erleben mussten. Auch das Buch von Viktor

Frankel kam mir in den Sinn. Und im Vergleich zu ihm, war mein Erlebnis eine Kleinigkeit, auch wenn meine Gefühle sich unerträglich unter meinen Umständen sich fühlten.

Das Buch von Viktor E. Frankl *Trotzdem Ja zum Leben sagen* (1946). Seine Gedanken hallen noch in mir nach, denn er schrieb:

»Was du erlebt, kann keine Macht der Welt dir rauben.«

»Diesen inneren Reichtum kann uns nichts und niemand mehr nehmen.«

»Was wir Großes je gedacht und das, was wir gelitten ... all das haben wir hereingerettet in die Wirklichkeit, ein für allemal.«

Frankl spricht von den vielfältigen »Möglichkeiten, das Leben mit Sinn zu erfüllen«. Selbst in den schlimmsten Umständen könne man einen Sinn sehen. Er sagt, dass »menschliches Leben immer und unter allen Umständen Sinn habe«, nämlich den »unendlichen Sinn des Daseins«.

Es gehe darum, den Dingen »ins Gesicht zu sehen und trotzdem nicht zu verzagen, sondern im Bewusstsein, dass auch die Aussichtslosigkeit unseres Kampfes seinem Sinn und seiner Würde nichts anhaben könne, den Mut zu bewahren.«

Auf jeden von uns sehe in schweren Stunden »irgendjemand mit forderndem Blick herab, ein Freund oder eine Frau, ein Lebender oder ein Toter – oder ein Gott. Und er erwarte von uns, dass wir ihn nicht enttäuschen und dass wir nicht armselig, sondern stolz zu leiden und zu sterben verstehen.«

Wir müssen also aus dem Erlebten Stärke entwickeln und diese für die Zukunft nutzen!

Denke zusätzlich daran, dass das Leben ein Spiegel ist. Oder ein großes Feld. Das, was du säst, wirst du unweigerlich selbst ernten.

Viele Menschen tragen Güte in sich. Doch menschliches Handeln ist und bleibt eine moralische, ethische und persönliche Leistung, die oft Mut erfordert.

Denken wir an die Geschichte mit dem Boot. Der Vater hat seinen Sohn geohrfeigt, weil der Bootsverleiher das Wort »Vorsicht« aussprach. Dieser außenstehende Mensch hätte eingreifen können. Er hätte fragen können: »Warum schlagen Sie deswegen Ihr eigenes Kind?«

Mut steht am Anfang des Handelns, Glück am Ende.

Manchmal beginnt damit ein besseres Leben für ein kleines Kind, welches glaubt, die Eltern hätten immer recht. Denn irgendwann puzzelt sich das Leben zusammen, und dann fallen Entscheidungen auf der Grundlage von Erfahrungen, auf der Grundlage von Erlebnissen.

Ein Wort ist nie nur ein Wort.

Es ist immer *das* Wort.

Das Wort, welches ausgesprochen wurde.

Das Wort, das heilt oder verletzt.

Das Wort, das gut tut und lehrreich ist, oder demütigend und nutzlos oder gar schädlich wirkt.

Ein Wort ist begleitet von Segen oder von Fluch.

Ein Wort, das Vergebung braucht oder Dankbarkeit erhält.

Wähle deine Worte weise, damit es dir besser gehe und du Lebensfreude spüren und weitergeben kannst.

MEIN LEBEN IM AUFWIND

Wenn die Entscheidung getroffen ist, leben zu wollen, einen Sinn im Leben zu sehen und diesen zu entwickeln, richten wir uns auf das Positive aus. Dann erhält unser Leben positive Energie.

Plötzlich hatte mein Leben nicht nur einen einzigen Sinn. Meine Ideen überschlugen sich und ich begann, exakt 100 Träume für mein Leben aufzuschreiben.

Wenn ich einmal diese Ziele erreiche – so dachte ich mir –, dann werde ich zurückblicken auf den heutigen Tag und mich an diese gute Entscheidung erinnern, an die Entscheidung, leben zu wollen.

Die Entscheidung für ein glückliches Leben bedeutet, dass meine Ziele, Wünsche und Träume mit dem Wohlbefinden anderer Menschen in Zusammenhang stehen.

Ich habe inzwischen einige nutzbringende Ideen für nutzbringende Dinge, die ich erfinden möchte. Zu jeder Idee fallen mir noch zehn weitere und viele Verbesserungsmöglichkeiten ein.

Manche nennen mich heute »Wunderkind«, manche nennen mich »Indigokind«, manche sagen, ich sei hochtalentiert, hochbegabt, hochsensibel.

Ich sage nur: ICH bin ICH.

Das ist mein Geheimnis.

Und eine meiner Erfindungen wird bald meinen Namen tragen.

Den Namen: Kristallkind.

Es kann sein, dass du denkst, ich hätte etwas Sensationelles, Großartiges erfunden.

Es kann aber auch sein, dass sie im verborgenen wirken wird und du niemals erfahren wirst, dass ich dahinter stecke.

Es kann sein, dass ich zu einem Helden werde, zu einem Helden für Kinder.

Und ja, auch die schlimmste Geschichte kann sich zu einer der schönsten im Leben wandeln.

Meine Mama gibt mir oft zu verstehen, in ihren Augen ein kleiner »Albert-Einstein-Junge« zu sein.

Aber glaube mir: Etwas zu erfinden, ist gar nicht so schwer. Auch eine Büroklammer ist eine hilfreiche, nutzbringende Erfindung, die sehr bekannt und verbreitet ist, obwohl sie sehr unscheinbar daherkommt. Auch sie wurde einst kreiert und erfunden, um das Leben der Menschen zu erleichtern.

Eine Erfindung muss nicht kompliziert und riesig sein. Sie muss nicht außerordentlich oder sensationell sein und alles übertreffen. Sie kann schlicht, leicht, nutzbringend und effektiv sein. Erfunden von einem Jungen der nicht gesehen wurde.

Was ist dein Wunsch, dein Traum, dein Ziel im Leben?

Welchen Sinn gibst du deinem Leben?

Du trägst mehr in dein Umfeld, als du glaubst.

Wenn du kraftvoll bist, spürt es deine Familie.

Die Erfahrungen, die du im Laufe deines Lebens machst, sind nicht nur auf dich beschränkt, sondern strahlen auf andere Menschen aus.

Du bist größer, als du denkst, wichtiger, als du glaubst.

Du kannst mehr beitragen, als es dir bewusst ist. Du kannst Dienliches in das Leben anderer Menschen und damit in dein eigenes tragen.

Weil jedes Leben auf dieser Erde wertvoll ist, habe ich beschlossen, zu leben. Denn nur Gott allein entscheidet, wann ich gehen muss, wann ich gehen darf. Und wenn es dann so weit ist, habe ich es nicht zu hinterfragen.

Jeder Tag ist ein Geschenk für mich.

Jeden Tag bin ich erfüllt mit Dankbarkeit, dass ich atmen und leben darf, beitragen und kreieren, erfinden und vervollständigen, lernen und lehren kann.

Jeder Tag hat einen Grund, um glücklich zu sein.

Jeder neue Tag ist eine Gnade, ein Geschenk.

Ich, das Kristallkind, liebe das Leben und es liebt mich zurück.

Den wer das Leben liebt, den liebt das Leben.

Vielleicht kennst du diesen Moment, in dem du wieder lächelst, obwohl du dachtest, du könntest es nie wieder? Ich habe ihn erlebt.

Und wenn du gerade noch mittendrin steckst, dann bitte ich dich: Gib nicht auf, dieser Moment kommt auch für dich!

Du wirst dich freuen, wenn du spürst, dass es auch für dich wieder unbeschwerte Momente und Zeiten der Freude geben wird. Sei gespannt!

Wo auch immer du gerade stehst, nimm dir die Zeit, um dir Notizen zu machen: Wie würde dein Leben im Aufwind aussehen? Welche Entscheidungen müsstest du treffen, um das Bestmögliche aus deinem Leben zu machen?

Sei dankbar dafür, dass du auf dieser Erde sein darfst.

Dein Leben im Aufwind

Drei freie Seiten zur individuellen Gestaltung

NACHWORT

Wir alle haben eine Gemeinsamkeit: Wir sind Menschen. Ich denke, das war dir klar. Aber wusstest du, dass jeder Mensch 1.024 direkte Vorfahren hat? Jeder!

Jeder von uns ist Teil einer genealogischen Kette!

Der riesige Zufallsgenerator mischt sich immer wieder neu, über viele Generationen hinweg verdichtet sich allmählich die Kette – und irgendwann kommst du!

Ein Kind, das in Liebe erwartet wurde? Oder ein Kind, das sich oft wie ein Störfaktor fühlte? Ein Kind aus einer sozial schwachen Familie? Oder ein Kind aus einer Familie, die im Wohlstand lebt?

Jedes Kind wird in bestimmte Verhältnisse hineingeworfen. Die Umstände dieser »Geworfenheit« können wir nicht selbst wählen. Kein Mensch kann es sich aussuchen, ob er einen Vater hat, der säuft und schlägt, eine Mutter, die kein Interesse an ihren Kindern zeigt, oder eben das Gegenteil – eine Vollblutmutter, die alles tut, was sie kann, um für ihre Kinder das Bestmögliche zu geben, und einen Vater, der die Kraft hat, seine Familie zu unterstützen und aufzubauen.

Auch unsere Vorfahren und die genealogische Kette, die zu unserer genetischen Veranlagung führte, konnten wir uns nicht aussuchen.

Bei der Entwicklung eines Kindes spielt die Sozialisation eine wesentliche Rolle. In welchem Umfeld lebt ein Kind? In welchen Land, in welcher Stadt? Etwa bis zum sechzehnten Lebensjahr ist ein Mensch stark von seinem familiären Umfeld abhängig. Einige lösen sich bereits mit zwölf Jahren, andere mit fünfzehn.

Was bedeutet das für dich? Bis zu diesem Zeitpunkt wurde über dich entschieden, du hattest keine Wahl. Aber sobald du ins Jugendalter kommst, kannst du über dich und deine Situation reflektieren. Und du hast die Möglichkeit, eine Entscheidung zu treffen, wie dein weiteres Leben aussehen soll.

Vielleicht ist deine Kindheit anders verlaufen, als du es dir gewünscht hast.

Womöglich hattest du gar keinen Schutz, spürtest kein Mitgefühl, keine Liebe.

Wenn deine Eltern dir geschadet haben, dich gar geschlagen haben, wenn sie deinem Leben nicht zum Guten gedient haben, dann frage dich: Haben sie es getan, weil sie schlechte Menschen sind?

Haben sie es getan, weil sie schlecht sein wollten?

Haben sie es getan, damit du nicht glücklich wirst?

Nein!

Sie konnten nicht anders, sie konnten es nicht besser! Oder sie wussten es nicht besser!

Jeder Mensch gibt zu jeder Zeit das Beste, was er geben kann. Wenn im Herzen keine Liebe ist, kann sie nicht gegeben werden. Wenn im Herzen nur Müll ist, kommt nur Müll heraus.

Viele sagen: »An sich bin ich ein guter Mensch, doch ich verhalte mich nicht immer so.« Und jeder kann sich vorstellen, das ein Baby welches geboren wird, niemals schlecht ist oder einen Wunsch in sich tragen könnte kein guter Mensch in der Zukunft zu werden.

Jeder Mensch trägt den Samen in sich, der zu guten Ergebnissen und Lebensfreude führt. Wir müssen nur beginnen, ihn zu pflegen und zu nähren.

In jedem ist diese gigantische Kraft des Herzens. Jeder Mensch kann die Person sein, die er sein möchte, die er sich selbst zum Vorbild nehmen würde.

Du kannst bei dir selbst ankommen, ein Talent in dir entdecken, das dich von allen anderen unterscheidet. Und wenn du dein Talent entwickelst, dann kannst du damit sehr erfolgreich sein. Dein Talent kann dich zu einem glücklichen Menschen machen, weil du das lebst und tust, was du liebst.

Jeder kann lernen, mit offenen Armen und in vollem Vertrauen auf das Leben zuzugehen. In dem Vertrauen, dass noch Großartiges folgt.

Du weißt nicht, wann du einen bestimmten Menschen zum letzten Mal siehst. Sei dankbar für alles, was war, was du von ihm lernen konntest. Dankbar für das, was ist, für den Augenblick.

Dankbarkeit, Liebe, Vergebung, Lebensfreude können trainiert, geübt, gelernt werden. Dies bedarf jedoch einer Entscheidung. Jeder Mensch kann sich zu jeder Zeit dafür entscheiden, anders zu leben als bisher.

Jeder Mensch ist, wenn er erwachsen wird, für sich selbst verantwortlich. Hier in Deutschland ist man ab dem achtzehnten Lebensjahr volljährig, in anderen Ländern noch eher. Für sich selbst verantwortlich zu sein, bedeutet, für das eigene Leben, für das eigene Glück und die eigene Lebensfreude selbst Sorge zu tragen.

Deine Eltern haben dir das Leben geschenkt, damit du lebst, damit du dich entscheidest, leben zu wollen. Vielleicht wurdest du bis heute von einer höheren Kraft getragen. Denk darüber nach, warum es wichtig ist, das Leben als ein Geschenk zu sehen. Betrachte das Leben als eine Chance, vielleicht auch als ein Abenteuer.

Doch wenn wir anderen Menschen die Schuld geben, für unglückliche Umstände oder für schlechte Erfahrungen, dann werden wir von ihnen besessen. Wir lassen in unserem Inneren etwas Unschönes und Unnötiges entstehen. Zusätzlich geben wir unsere Verantwortung komplett ab. Wir geben die Macht über unser Leben ab. Sei es aus

Feigheit oder aus Bequemlichkeit. Stattdessen sollten wir Eigenverantwortung für unser Leben übernehmen, alles andere wäre eine Rückentwicklung. Wir können immer versuchen, das Beste aus unserem Leben zu machen. Denn wer nicht versucht, besser zu werden, hat aufgehört, gut zu sein!

Für die Entwicklung unserer Persönlichkeit sind Herausforderungen notwendig. Sie bieten uns die Möglichkeit, an ihnen zu wachsen.

Wenn wir uns aus unserem emotionalen Gefängnis befreien wollen, gibt es nur einen Weg: Verzeihen!

Menschen, die nicht vergeben können, sich selbst oder anderen, befinden sich in einem emotionalen Gefängnis.

Darum heißt es: *Verzeihen ist eine Eigenschaft der Starken!*

Wenn wir persönliche Freiheit erlangen wollen und bei uns selbst ankommen möchten, müssen wir den Menschen vergeben, die uns verletzt haben. Wir müssen alles radikal vergeben.

Das heißt noch lange nicht, dass wir sie dadurch freisprechen von ihrer Schuld. Das heißt noch lange nicht, dass es in Ordnung war, was sie getan haben! Aber wir müssen ihnen verzeihen, sonst bleiben wir ein Leben lang in einem emotionalen Gefängnis sitzen!

Noch schwerer, als anderen zu verzeihen, ist, uns selbst zu verzeihen. Wir müssen uns unsere eigenen Fehler vergeben, genauso wie die Verletzungen, die wir bei anderen Menschen verursacht haben. Radikales Vergeben auf allen Ebenen ist notwendig, um emotionale, mentale und geistige Freiheit zu erreichen.

Wir sind geboren, um zu leben. Wenn wir intensiv leben, dann verletzen wir manchmal andere und machen Fehler. Auch das ist notwendig, um uns zu entwickeln.

Aber es lohnt sich, das Leben zu leben und innere Freiheit anzustreben.

Ich sende dir aus meinem Herzen eine Umarmung.

Deine Julia Kimmerle

ÜBER DIESES BUCH

Dieses Buch erzählt die Geschichte eines Jungen in mehreren Entwicklungsschritten. Einige Schilderungen beruhen auf wahren Begebenheiten, haben sich aber nicht ganz genau so abgespielt wie beschrieben. Die dargestellten Erlebnisse spiegeln verschiede Zeitabschnitte wider und wurden zu einer Geschichte verbunden, um wesentliche Aspekte zu beleuchten, die für den Umgang mit sensiblen Kindern von Bedeutung sind.

Jedes Kind ist ein Geschenk und eine unschuldige anvertraute Seele. Die Erwachsenen, vor allem Eltern, Lehrer, Erzieher, dürfen sie behutsam führen und sollten ihr Respekt entgegenbringen.

Widmung

Ein großes Danke geht an meinen Sohn, der für die Idee dieses Buches ausschlaggebend war. Seine Inspirationen und verborgenen Sichtweisen halfen mir sehr. Ohne seine Haltung, ohne seine Liebe und sein tiefes Mitgefühl anderer Menschen gegenüber, ohne sein individuelles Empfinden, von dem ich einen Teil erfahren durfte, und ohne sein großes Herz hätte ich dieses Buch nicht schreiben können.

Die Wertschätzung meiner Arbeit gegenüber werde ich für immer in Dankbarkeit in mir tragen.

Während eines meiner Bücher entstand, hörte ich an einem Tag zwei Sätze. Einer nahm mir Mut und einer gab mir Mut.

Der erste Satz lautete: »Es ist nur Zeitverschwendung, was du machst.«

Ein anderer Satz: »Es bringt immer etwas, wenn du es für wichtig und richtig hältst. Du schaust, wie du Geld verdienen kannst, damit wir die Hypothek bezahlen können, und selbst wenn nicht, dann hast du etwas dazugelernt, das ist doch gut oder? Mach weiter, ich vertraue dir.«

Dieser Satz gab mir einstmals Mut, weiterzumachen, und er führte unter anderem zu diesem Buch.

Ich nenne meinen Sohn manchmal »meinen kleinen Albert-Einstein-Jungen«. Er inspiriert mich jeden Tag, macht mein Leben lebenswerter und reicher. Er unterstützt mich mit seinem klugen Denken. Seine Mut machenden Worte, sein gutes Herz und seine grenzenlose Phantasie sind eine Bereicherung. Er entwickelt sich ständig weiter und macht viele Erfahrungen. Von seinen Erlebnissen können auch seine kleinen Geschwister profitieren.

Danke, dass du in meinem Leben bist, mein Sohn! Ich danke Gott für dieses Wunder: Dich. Und dafür deine Mutter sein zu dürfen. Ich danke Gott, dass er dich schützt und trägt. Danke, dass du für immer ein wichtiger Teil meines Lebens sein wirst.

Diese Worte richten sich auch an meine weiteren Kinder, die immer ein Grund zu meiner Lebensfreude sind.

ÜBER MICH

Ich heiße Julia Kimmerle und bin in Asien geboren. Ich bin Mama von 5 Kindern und damit auch eine Köchin, Taxifahrerin, Lehrerin, Sekretärin, Eventplanerin, Vorleserin, eine Lebensberaterin  und ein sensationeller Coach. Vor allem aber auch eine erstklassig organisierte Managerin und die Mentaltrainerin, die als Vorbild vorangeht, um Menschen in ein verbessertes Leben zu führen.

Geht's dir manchmal genauso? Oder ähnlich? Ja! Es wird nicht selten Leistung verlangt und erwartet.

Mir ging es schon oft im Leben so, wo die Leistung, die verlangt wurde, Grenzenlos schien. Einige Schicksalsschläge führten dazu, dass ich in einem traurigen Zustand war und keine Lebensfreude fühlte. Einmal bekam ich nach einer Auseinandersetzung sogar plötzlich Fieber und musste einen Tag im Bett liegen, weil ich nicht mehr konnte. Ich fühlte Antriebslosigkeit, Sorge und fehlende Kraft. Und eigentlich wollte ich doch so gerne glücklich und erfolgreich sein, ein Vorbild für meine Kinder. Es gelang mir nicht, so dass die Disharmonie zunahm. Und nicht auszumalen, was noch alles gewesen wäre, wenn ich nicht mit der Coaching Ausbildung begonnen hätte.

Mein Leben hat sich positiv verändert und sich in eine Richtung gedreht, wo ich Lebensfreude fühle und in meiner Kraft mein Business aufbaue.

Auch Du kannst effektiver, ergebnisreicher und erfolgreicher sein, wenn Du deine Kräfte entfesselst und in Deiner Strahlkraft leuchtest.

Jeder hat Stärken und Fähigkeiten, die verbessert, verstärkt oder entdeckt werden können. Und diese eigenen Stärken sind Kräfte, die dazu führen, dass Du mit mehr Spaß und Leichtigkeit vorwärts kommst.

Voller Energie zu sein, wird automatisch dazu führen, mehr Leistung bringen zu können.

Als ich mich früh entschieden habe Mutter zu sein, war mir wichtig, trotz des Alltags und der Aufgaben, die eine Familie mit sich bringt, auf eigenen Füßen zu stehen. Ich machte einen Ausbilderschein, um als Filialleitung Verantwortung zu tragen und junge Menschen auszubilden. Ich war in Direktvertrieben und durfte viele Schulungen und Seminare besuchen.

Ich profitiere von der Sicht verschiedener Kulturen, Schulsystemen, unterschiedlicher Mentalität, unterschiedlicher Erziehung und vor allem meiner eigenen Lebenserfahrung.

Wenn Du wie ein archetypischer Adler durchstarten möchtest, garantiere ich Dir positive Herausforderungen, den Veränderungen bedeutet Wachstum!

Und wer aufgehört hat besser zu sein, hat aufgehört gut zu sein.